落ちこぼれダメ令嬢は
溺愛されて
生まれ変わります!?
～褒められるのが
嬉しくて頑張っていたら
規格外の才能が
開花しました～
星見うさぎ
illust.RAHWIA

セルヒ
ルーツィア至上主義の
クール(?)な天才魔法使い
ルーツィア
褒められることが嬉しい
元伯爵令嬢
フワフワ
ルーツィアと強い絆で
結ばれた魔獣

ミハイル
ヤンデレ気味な
ルーツィアの元兄
リゼット
ルーツィアのことが嫌いな
元義妹

「私のこと『ルーツィア』ってもう、
そう呼んではくれないんですか……？」
「うっ、ぐっ、か、可愛い……!!」

落ちこぼれダメ令嬢は溺愛されて生まれ変わります!?

～褒められるのが
嬉しくて頑張っていたら
規格外の才能が
開花しました～

星見うさぎ

illust. RAHWIA

Contents

第一章 落ちこぼれダメ令嬢は家を出ます

私――ルーツィア・リーステラは愛されない子どもだった。

目の前で、義理の姉妹であるリゼットが涙ながらに私をなじる。

「どうしてそんなひどいことを言うの!? ルーツィアはそんなに私のことが気に入らないのねっ!」

「えっ」

リゼットの見せた思いもよらない反応に、思わず言葉に詰まってしまった。

動揺している間に、泣き出してしまったリゼットの声を聞きつけて両親が慌ててやってきて、彼らは泣いているリゼットからなんとか話を聞き出そうとする。

けれど、私はリゼットの話す内容に度肝《どぎも》を抜かれてしまった。

「ル、ルーツィアが、私なんか邪魔者だって……家族とは絶対に認めないって」

ええっ!? 私、そんなことは言っていない!

ただ、愛されて大事にされているリゼットが羨ましくて、

『そうね、リゼットはいいなあ、愛されていて。私はほら……家族だけど、邪魔者だものね』

なんて、少しいじけて言ってしまっただけなのに……。

どうやらリゼットは私の言葉を、何か勘違いして受け取ってしまったらしい。

ま、まさか……。

『私は家族だけど、（リゼットは）邪魔者だものね』

なんていう風に聞こえちゃったのかしら……!?

私は昔から口下手《くちべた》なようで、どれだけ気をつけているつもりでもリゼットによく誤解されていたから、また今回も言い方を間違ってしまったのかもしれない。

けれど、私が何かを言う前に、お父様もお母様も私を強く睨みつけた。

「なんてことだ……！　ルーツィア、お前がそんなにも醜《みにく》い性根《しょうね》をしていたなどと……！　よくもリゼットにひどいことが言えたな！」

「いえ、あの」

「本当に、どうしてこんな子に育ってしまったのかしら！　リゼットはこんなにも優しい子なのに」

「その……」

どうしよう、違うって言いたいのに、そう思えば思うほど言葉が出てこない。

だって、何かを言って、お父様やお母様に信じてもらえたことなんて、一度もない。そのことを考えると、途方に暮れてしまうような気分になる。

結局、言い訳もできないうちに、お父様は私に言い放った。

「どうしてお前はいつもそうなんだ……我が子ながら恥ずかしい！　今すぐに追い出したいくらいだ」

その言葉は、今までだって何度も言われたことがあった。

けれど、その瞬間、私の頭の中に『ポキリ』と何かが折れるような音が響いた。

「ああ、可愛いリゼット。誰がなんと言おうと、リゼットはうちの子よ」

泣いていたはずのリゼットは、お母様の腕に抱きしめられて、微笑んでいるように見えた。

その後、どういうやり取りをしたかは全然覚えていない。頭が真っ白になってしまったから。

気がついた時には、私は一人で自室にいた。

やっと我に返った私は、のろのろと立ち上がり、とある引き出しの中にしまっておいた二枚の紙を取り出す。

「やっぱり、この紙といい、さっきの言葉といい、本気で私に出ていってほしいってことなのよね……」

その紙は、私をリーステラ家の籍から抜くための書類だった。おまけに当主であるお父様の名前や必要事項は既に記入済みで、あとは私の名前を書くだけの状態になっているもの。

そしてもう一枚は、簡単に言うと、私を『魔塔』に売り飛ばすための書類だった。

魔塔とは、この国の特別な魔法使いが何人も暮らしている、特別で、謎に包まれている場所だ。

初めてこの紙を目にしたときはさすがに震えた。たしかに、私は愛されていないかもしれないとは思っていたけれど、まさか除籍の準備が整っていて、私を売る手続きも全て終わっているなんて。そこまで疎《うと》まれているとは思わなかった。思いたくなかった。

けれど、これが現実なのよね……。

この二枚の書類は、リゼットにもらったものだ。以前に私がリゼットを泣かせてしまった時に、泣きながら私の所へ持ってきた。

『私はルーツィアと仲良くしたいと思っているから、お父様とお母様を説得して、この書類を預かったのよ！　勝手にルーツィアをどこかへやってしまわないように。それなのに、ルーツィアはどうして私にひどいことばかり言うの！』

あの時、私はその事実にショックを受けて、それ以降はなるべく自室に引きこもるようにして過ごしてきたのよね。

さっき、私を睨みつけていた両親の目が焼き付いて離れない。

お母様が言った『リゼットはうちの子よ』という言葉に、『ルーツィアはうちの子とは認められないけど』と言われた気がして仕方ない。

そして、それはそう間違っていないのではないかと思われた。

◆◇◆◇

小さな頃、リゼットは馬車の事故で両親を亡くし、我が家に引き取られた。リゼットの本当のお父様は私の両親と友人だった。

リゼットのお母様は特別な能力を持ち、『聖女』と呼ばれ、誰からも愛された美しい人だったらしい。

　そして、お父様とお母様は聖女の特に熱心な信奉者だったのだとか。

　同じように聖女を特別に慕う人はたくさんいて、ひとりぼっちになってしまったリゼットを引き取りたいという家は多かったけれど、多額のお金を使って、どうにかこのリーステラ伯爵家に迎えることができたのだと聞いている。

　美しい銀髪に、オレンジ色の瞳のリゼットは神秘的な雰囲気を持つ子どもで、天使のように愛らしくて、すぐに我が家の人気者になった。昨日まで私に構ってくれていた両親や使用人は、みんなリゼットに夢中になった。

　さらに、リゼットには聖女と呼ばれた母譲りの、特別な力があった。

　人の傷や病《やまい》を癒す、聖なる魔法。

　五歳で共に神殿の魔力鑑定を受けた日のことは今でも鮮明に覚えている。

　忘れられっこない。だってあの日、リゼットは特別な力を持っていることが分かり、反対に私は……無能であることが分かったのだもの。

　その後は、教育もリゼットには最高峰の教師陣が迎えられ、私には必要最低限しか行われなかった。

　こればかりは、愛されているかどうとかは置いておいて、当然のことではあるのよね……。だって、能力のない私にリゼットと同じ教育をしたって、どう考えても無駄だもの。

　本当は勉強が好きだった私は、お祖父様が生前に集めたという古書を読んで一人で勉強しつづけた。意味がなくたって、学ぶことは楽しいままだったから。

「ふう……」

私はこれまでのことを振り返るのをやめて、小さくため息をついた。……そうね。もう諦めた。ここにいる限り、どうしても愛してほしいと期待してしまう。それが一番疲れる。

どうせここにいても、愛されず、ひとりぼっち。それなら、どこへ行っても同じじゃないかしら？　そして、どうせ同じならば、家族の望み通りに私がいなくなってしまった方が、望みが叶《かな》って幸せな人が増えるだけ、マシなのじゃないかしら？

そう思った私は、机に向かい、ペンをとった。

リーステラ家から籍を抜く書類にまずサインをすると、すぐに書類が光って消えた。どうやら効力の高い魔法契約紙を使っていたらしい。そんなにも私を追い出したかったのねと、さらに落ち込んだ気持ちになる。

気を取り直して、次に魔塔との契約用紙に名前を書いていく。

時間をかけるとまた迷い始めてしまいそうだったから、ひと思いに。

すると、サインしたばかりの名前が金色に光りはじめ、やがて浮かび上がり……その光は窓の外へと飛び出していった。

な、何かしら？　今のも……何かの魔法？

不思議な光景にしばらく目を奪われた後、こうしている場合じゃないと我に返った私は、簡単な置き手紙だけを書いて机の上に置くと、小さなカバンを手に取り屋敷から抜け出した。

なぜこんなにもすぐに行動することができたかというと、リゼットに残酷な現実を突きつけられた日から、いつかこんな日が来るかもしれないと、こっそりと準備をしていたからだ。

どうせ誰も私には興味なんてなくて、部屋にこもってしまえば数日誰とも顔を合わせないなんてこともザラだったので、問題も起こらないはず。きっと私がいなくなったことに誰かが気づくより先に、無事に私が除籍されたことを知らせる手紙が届くだろうから、それでリーステラ家のみんなは幸せだわ。

唯一私にも優しくしてくれたお兄様の顔がよぎったけれど、同時に、以前聞いてしまったお兄様の言葉が蘇《よみがえ》る。

『兄妹になると、結婚できないじゃないか……』

偶然、お兄様のその呟きを聞いた時、私は納得した。だから、両親はあれほど大事にして愛しているリゼットを正式な養子として迎えないのだと、理解したのだ。お兄様が、リゼットと結婚したいがために、彼女を正式な養子にするのを拒んだのだと。

そして、続けて聞こえてきたのだ。

『私だって、あんな奴に優しくなどしたくはない。しかし、今は大事にしているふりをするのが最善なんだ』

――あんな奴、大事にしているふり……。

それが私のことだって、すぐにわかった。お兄様が話している相手が、私をいつも貶《けな》して、リゼットを褒め称《たた》えるお兄様の友人たちだと知っていたから。話し相手の声は聞こえなかったけれど、きっと、私なんかにも優しくするお兄様を誰かがからかったに違いない。

そうね、私がいなくなって、お兄様も無理に私に優しくする必要がなくなるから、きっと喜んでくれるはずだわ。

そう思い、私は足を進める。

誰からも愛されるリゼット。誰からも愛されない私。

リゼットを羨《うらや》んで、羨んで、羨んで、苦しい毎日は、今日でおしまいにするの。

◆◇◆◇

屋敷を飛び出し、しばらく時間が経ち……私は絶賛迷子中だった。

「私の敗因は、誰かに遭遇することを恐れて森に入ってしまったことね！」

真っ暗な中で、怖い人に会ってしまったらどうしよう。そう思って、森に入り、姿を隠しながら道沿いに歩いていたつもりだったのだけど……気がついた時には奥へ奥へと進んでしまった後だった。なんで？

どうやら今まで知らなかったけれど、私は方向音痴だったらしい。

結果、怖い人に会ってしまうよりももっと怖い目に遭《あ》っている——。

カアカアと、黒い鳥が鳴く。

バサバサと、何かが飛んでいく。

そしてグルグルと、私を睨みつけた獣が唸り声を上げた。

私は腰を抜かして尻餅をついた。

ひ、ひゃあああ！　ど、どうしよう？　なんでこんなところにこんな大きな動物が⁉　なんだかすっごく怒っているし……ひょっとして、私ってばここで死ぬ感じ？

暗闇に紛《まぎ》れてはっきり姿が見えないけれど、狼だろうか？　すっごく大きな狼だわ！　それが唸り声を上げているのだからとてつもなく怖い。

私は震えた。正直森に入ったあたりから寒くて震えていたんだけれど、その比ではなく震えた。

怖い、寒い、怖い、寒い、ううん嘘、もはや怖すぎて寒さもわからない。

今日は夜のうちに歩いて歩いて、明日中に王城の側にある王宮魔法使いの宿舎に向かうつもりだった。魔法使いのことは魔法使いに聞くのが一番よねって考えて。そうすれば、魔塔への行き方を教えてもらえると思ったから。

こんなことなら、せめて日が昇るまで待てばよかった！

後悔してももう遅い。狼はひと際大きく唸り声をあげると、ついに地面を蹴って私の上に飛び掛かってきた。

ああ、死んだ――。ルーツィア・リーステラ享年十五歳。いや、もうリーステラじゃないんだったわ。

四歳でリゼットが家族になってから愛されることもなく、リーステラではなくなった夜にさっそく、こんな風に死ぬなんて……。

せめて痛くありませんようにと祈りながらぎゅっと目を瞑《つむ》る。

……しかし、襲ってきたのは爪で切り裂かれる痛みでも、牙に食いちぎられる苦しみでもなかった。

——これは……もふもふ？

もふりと豊かなもふもふに包まれている気がするような……？

恐る恐る目を開けると、私の二倍はある大きな狼が、私を包み込むように丸くなっていた。

ええっと？

慌てて体を起こそうとすると、前足で押さえ込まれた——というより、まるで「もう寝なさいよ！」とでも言うように、お腹の上に無理やり横に寝かされている？

ど、どうやら、私を殺す気はなさそうだわ。

混乱する頭でそう考えた途端、ひとまず命の危機を脱したことを実感して体の力が抜けた。なんの力が入らなくなっても、体はゆったりと横たえられたまま。なんだかこの狼、私がくつろげるようなベストポジションに収めてくれているような？

そして、気がついた。このもふもふの体に包まれていると、すっごく暖かい！

ふと気がつくと、体の震えが止まっている。もう怖くもないし、ついでに寒くもない。

「ひょっとして、暖めてくれたってこと……？」

驚いて狼の顔の方を見たけれど、目を瞑っているらしく、暗すぎて顔がどうなっているのかさえ、さっぱり分からない。

もしかすると、私なんてこの狼の餌にもならなかったのかも。それで、おもちゃか何かに認定された、とか？

すると、とんでもなく運がいいということよね？　だってこんな大きな狼に襲われて、無事でいられるなんて、普通なら考えられないもの。

そんなことを考えながら、いつの間にか私の意識は遠のいていた。

◆◇◆◇

あまりの心地良さに、気がつけばすっかり眠っていたらしい。けれど、そこまで長い時間が立っているわけでもないようで、辺りはまだ真っ暗なままだった。

狼のみじろぎにつられて顔を少し上げると、森の木々の隙間から、まるで流れ星のように空を駆ける金色の光が見えた。

「わあ、なんて綺麗なのかしら。……って、こちらへ向かってきていない？　……きゃあ！」

すぐ近くまで迫ってきた光のあまりの眩《まぶ》しさに、咄嗟《とっさ》に目を瞑ると、明るい声が上から降ってきた。

「パンパカパーン！　俺は魔塔の魔法使い！　契約が締結されたので、まるで王子様のように君を迎えにきたよ！」

……ええっと。

目を開けると、さっき光り輝いていた場所に人が立っている。

あまりに驚いて、ポカンと口を開けたままその人を見つめていると、目が合ったその人もまたあんぐりと口を開けて目を見開いた。

「うわっ！　なんか黒いと思ったら、君、なんてもんに抱えられてんの⁉　え、まさか魔獣？」

え、この狼って、実は狼じゃなくて魔獣なの？

この世界には魔獣と魔物が存在する。魔獣は簡単に言うと魔素と魔力をその身に宿した獣で、普通の生き物と同じように心臓があり、群れを作って生きていることもある。けれど魔物は魔素と瘴気《しょうき》を帯びて生まれた核が心臓の代わりをしている、人や獣のような普通の生き物とは全く違う生態をしているもので、瘴気や魔素溜まりから生まれているとされている。

魔獣はそれと分かりやすい見た目をしていることもあるけれど、中には普通の獣と見分けがほとんどつかない場合も多い。確かにこの狼さんは、普通の狼にしては体が大きいし、赤い瞳なんてとっても珍しいわよね……なるほど、魔獣なのだと言われればそうなのかなという気がしてくる。

そう思いながら顔をあげて見上げると、狼は瞳を光らせ、魔法使いと名乗ったその人に向かってグルルルと唸り声を上げていた。

ひえ！

「え、まさかこの魔獣、君を守ってるの？　何それそんなことある？　魔獣が人を襲わないだけでも驚きなのに？　守る？　普通はそんなことありえないよね？」

普通はって言われても、よくわからない。

「まあいいか！　なんだかその魔獣、君から引き離そうとしたら俺を殺しそうな勢いだし、このまま連れていくね？」

「えっ？　わ、うわわあ！」

魔法使い様が指先をくるんと回すと、私は狼ごと宙に浮いていた。

驚きすぎて思わず狼のもふもふの毛にしがみつくように抱きつくと、顎の下と両前足、そして大きなふさふさのしっぽに包み込まれる。すごい、真っ暗で何も見えないわ！

「あは！　本当にそいつ、君を守ってるんだ？　不思議だねえ。帰ったら魔獣研究マニアのあいつがめちゃくちゃ喜びそうだな～」

そっか、この人、魔塔から私を迎えに来た魔法使い様だって言っていたんだったわ。ということは、私はこれから魔塔に向かうの？

魔塔に売り飛ばされた私――最後に契約書に名前を書いたのは私自身だけれど。

魔塔に入るには、同じような特別な魔法使いとして、招き入れられること。そうではなく私のような無能だったら、考えられる理由は多くない。

いつか、お爺様の持っていた書物に魔塔のことが書かれていた。その内容の一部を思い出して、思わず体がぶるりと震えた。

きっと私は、これから魔塔に行って、特別な魔法使いの人体実験に使われるんだわ――。

そう、思っていたのだけれど。

魔塔。そこは、私が暮らすこのユーギルハンツ王国の中でも、特別な魔法使いが暮らす謎めいた塔。

この国に暮らす貴族は大抵が魔力を持っている。けれど、魔塔に招かれる魔法使いは桁外れの魔力量を誇り、稀有《けう》な属性を持っていたり、特殊な魔法を使えたりする、文字通り特別な魔法使いたち。……らしい。

そして、魔塔に暮らす魔法使いほどに魔力量があまりにも多いと、精神に影響を及ぼすことが多いのだとか。

例えば、魔力制御ができるようになるまではひどく情緒不安定だったり、感情の制御ができなかったり、魔力制御ができるようになっても、喜怒哀楽のどれかをとても強く持つ人や、反対に感情の一部分が欠落している人、思考の偏《かたよ》りが強い人などなど。それを総じて、魔塔の魔法使いのほとんどは『変人』なんだと書かれてあったのよね。

私が読んだお爺様の書物は、まるで絵本のように魔塔のことを描いたものだった。

恐らく、随分易しい書き方をしていたのだと思う。

そんな易《やさ》しく書かれたものの中でも、お話の印象的な部分に、魔塔に招かれる『例外』について書かれていた。

それが私のような、本来魔塔にはとてもじゃないけれど入れないような無能が引き入れられる場合。その場合、その活用方法は限られている。

例えば、研究用に捕獲された、人間しか食べない魔獣の餌にされたり……新しい魔法を研究するための、人体実験に使われたり……強力かつ違法な召喚術の、生贄《いけにえ》にされたり……。けれど、公然と囁かれるそれらは結局憶測でしかない。なぜならば、魔塔に入った一般人で、生きて帰ってきた者はいないと言われているから――。

書物の内容を思い返しながら、私はゾッとしてしまった。

私が魔塔に送られて、きっと人体実験に使われるのだと思ったのは、それが一番マシそうだったからだ。

生きたまま餌にされたり、生贄にされたりって怖すぎるもの……！　それに、餌と生贄は確実に死ぬけれど、人体実験なら内容によっては死なないかもしれないし……。

私はもぞもぞと動いて、私を包み込む狼のもふもふの中からなんとか顔を出す。

もふもふの中は真っ暗だったから、目が慣れなくて少しパチパチと瞬《まばた》きをして、周囲を控えめに見渡す。

まるで自分が星の一つになってしまったかのように、光輝く星が近い。そして夜の闇がシーツのようにすぐ側を漂っている。下の方には夜の街の明かりがもう一つの星空のように広がっている。

ちょっと待って!?　私、そ、そ、そ、空を飛んでいるわっ!?

「ひえ！」

そして思わず悲鳴を上げた。

私の悲鳴を聞きつけた狼は、またもや抑え込むように前足でぐいっと私の頭を自分に押し付けてくる。

「あはは！　なんなのそいつ？　すっごい過保護じゃん～？　まるでママ」

さっきノースと名乗った魔法使い様がケタケタと笑う声が聞こえてくる。

けれど、私はあまりにも非現実的な体験に、胸がドキドキして、心がふわふわして、今が夢の中なのか本当に現実なのかも分からなくなっていた。

◆◇◆◇

「うわ！　魔獣!?　ノース、なんてもん連れてきてんの？」

「えっ？　魔獣だって？」

「へ～すごい！　なんでこの魔獣こんなに大人しいの？」

「ノース、今日の夜食～？　捌《さば》いていい？」

「わわ！　やめろって！　この中に人間いるんだからさ、触んないでやって～」

「え？　誰か食べられたの？」

「違う違う！　……ほら！」

色んな人の話し声が聞こえたと思ったら、魔獣の前足が少しだけどかされて、周囲の光が一気に飛びこんできた。

わ、まぶしい！

星空はもう、どこにも広がっていない。どうやらいつの間にか室内に落ち着いていたようだ。

もしかして、ここが魔塔……？

「うーん、それにしても困ったな。このでかいママ、本当に君を離さないね？　どうしよっか？」

集まっていた魔法使い様たちを解散させた後、ノース様は首を傾げながらそう呟く。狼がすっかりママ扱いでなんだか複雑。

たしかに、私を引き離そうと手を伸ばすだけでグルルと威嚇《いかく》するように唸る狼。いや、魔獣？

「うーん、不思議。魔力の相性がよっぽどいいのかなー？」

「え、でも……私、魔力はないって言われていて……」

五歳の時に受けた鑑定で、私は魔力なしと判定されていた。貴族なのに、魔力なし。お父様もお母様もお兄様も平均よりも多いくらいの魔力を持っているのに、私は魔力なし。つまり無能の判定を受けた私は、その日聖属性の魔力を持つと判定されたリゼットと、さらに明確に明暗が分かれたんだもの……。

けれど、ノース様は不思議そうに首を傾げた。

「君が魔力なし？　そんなわけはないと思うけど……」

「え？」

どういうことだろう？

すると、私が言われている意味が分からないでいるうちに、バタバタと誰かが走ってくる足音が聞こえた。

「おい！　何をしているんだ⁉　どうしてすぐに俺のところへ来ない！」

そう声を荒らげながら近づいてきたのは、眉間に思い切り皺《しわ》を寄せて、いかにも不機嫌そうな顔をしたとてもとても怖い雰囲気の男の人で。

思わず震えあがった私に、その人の鋭い眼光がギラリと向けられた。

そしてその手がおもむろに私に向かって伸ばされる。

ら、乱暴されるっ？

恐怖に身が竦《すく》む。……と、その時。

ふわりと強張《こわば》った手が暖かく包み込まれた。

「ああっ！　誤解しないでくれ、俺は君に怒っているわけじゃあないからね！　もちろん、この男に怒っているわけでもない！　いや、怒ってはいるけれど、それは早く君に会いたくてずっとまだかまだかと待っていたのに、この男がなかなか俺の元に君を連れてきてくれないからで……ハッ！　もちろん、ただ待つだけではなくて最初からこうして迎えに来ていればよかったと今は反省しているよ！　出迎えるのが嫌だったわけではなく、どんな顔で君を迎えればいいかと緊張していたら正常な判断が下せなかっただけで、君と会えるのを待ち遠しく思っていたことは絶対に嘘じゃないのでどうか勘違いしないでほしい！」

私の手を優しく握りながら一気にまくし立てた男の人の向こうで、私に負けないくらいノース様がポカンとしている顔が見えた。

「いやいやいや……えっ、どういうこと？」

さっきまで飄々《ひょうひょう》としていたノース様がなんだか混乱している。ちなみに私も混乱していた。

あまりにも一気にまくし立てられて、逆に何も耳に入ってこない。……ええっと、今私、なんて言われたのかしら？

先に混乱から脱した様子のノース様は、今度は体を震わせ始めた。

「ぷ、ぷくく……セ、セルヒってそんな喋ることあるんだ……さすがに予想外すぎるんだけど。てか勢いすごすぎて魔獣すら引いてるんだけど？」

あら？　たしかに、ふと気づくと、私に近づく人をひたすら威嚇していたはずの魔獣さんまで固まっている。

う、うーん、すごい圧《あつ》と勢いだったものね……。

というか、セルヒ……？　今この人、セルヒって呼ばれた？

私は改めて目の前のその人を見てみる。

藍《あい》色の髪に、見ようによっては冷たく見えるとても澄んだ水色の瞳。さっきまで眉間に皺が寄っていて怖くて気が付かなかったけれど、よく見るとまつ毛も長くて、すごく綺麗なお顔をしている。

魔塔は謎に包まれている場所だけれど、魔塔に暮らす魔法使いは、王家から特別な存在として扱われる。『魔塔の魔法使い』と言《い》うもの自体が、ひとつの身分になるのだ。

その分、魔法使いは王家の依頼を受けてお仕事をすることも多い。

だから魔塔の魔法使いの何人かは、貴族社会にもとても有名になっているんだけれど。

あまり熱心に教育を受けさせてもらえなくて、貴族社会に疎い私でさえ、この人の話は何度も聞いたことがある――。

『セルヒ』

魔塔の中でも、ひと際特別な魔法使いだと言われる人。

魔塔に入る時にほとんどの権限を放棄しているけれど、元々公爵家の出身。

他に類を見ないほどの魔力量を持ち、全ての属性の魔法を自由自在に操る、規格外の天才魔法使い様。

だけど、確かとっても気難しくて神経質、興味のない人の前ではほとんど喋らずにいて、たまに発する言葉も態度も冷たくてキツい、冷酷な人嫌いとして知られているんじゃなかったかしら。

……でも、さっきめちゃくちゃ喋っていたような。

喋っていたというか、捲《まく》し立てていた？

うーん、やっぱり、これは夢なのかもしれない？

「ああっ！」

考え込んでいた私は、突然上がったその声に、思わずびくりとしてしまう。

「すまない、自己紹介がまだだったね！　俺の名前はセルヒ。この魔塔に住む魔法使いの一人で、こうして君に会える日を心待ちにしていた男だ」

「あ、え、ええっと」

戸惑う私を見つめるセルヒ様の水色の目はキラキラと輝いている。よく見ると頬も耳も少し赤い。

私が噂で知る天才魔法使いセルヒ様は、その眼差しだけで人を凍り付かせられるんじゃないかというほど鋭く冷たい目をしているって……ん、んんん？

「ぶはっ、いや、だからもはや誰……」

その傍でノース様がまたもや笑いを堪《こら》えきれない様子で呟いた。

「うるさいノース、黙れ」

そんなノース様を冷たく睨みつけたかと思うと、セルヒ様はなぜか流れるように地面に膝をつき、頭を下げ始める。

えっ!?　なに……？

頭を下げている先は、なんと私を抱え込んでいる狼――魔獣さんだった。

「初めまして、俺の名前はセルヒ。お前が大事に守ろうとしているこの人は俺も守りたい人であり、決して傷つけることはしない。この場所は安全で、彼女を危険に晒《さら》すものは何もないと約束するから、安心して彼女を離してもらえないだろうか？」

そこまで言うと、少しだけ頭を上げ、その水色の瞳で魔獣と目を合わせるセルヒ様。

じっとその目を見つめ返していた魔獣さんはやがて「フン！」と鼻をひとつ鳴らすと、前足をどけて私を解放し、鼻先を私に優しく擦り付けた。

うっ。さっき散々ノース様がこの子を『ママ』だなんて言うから、まるで「もう大丈夫よ」、なんて、優しく宥《なだ》められている気分だわ……！　さすがにそんなわけないのに。

セルヒ様は解放された私に近づくと、手を差し出してくれた。その手を取るとゆっくりと立たせてくれる。

「ノース、彼女の手が冷えている。すぐに誰か女性魔法使いを呼んできてくれ。それと魔獣マニアのアルヴァンをここへ」

「分かったけど、女性魔法使いって。この場合呼ぶのはグレイス一択だろ？　普通に名前で言えよ……」

ノース様の返事を聞いて、カッ！　と目を見開くセルヒ様。

「おい!?　ルーツィア嬢の前で俺に他の女の名前を呼ばせるつもりか!?　それに今の言い方だとおかしな誤解を招くかもしれないだろうやめてくれ！」

やりとりについていけなくて、思わずパチパチと瞬きを繰り返す。

そんな私に「何も不安に思うことはないからね」と優しく声をかけてくれるセルヒ様。

ノース様がポツリとこぼす。

「ええ……何これちょー面白いんですけど……同じくらいめんどくさいけど……」

いまだに現実感はないし、何がなんだか分からないし、不安もすごくある。

だけど、私は心の中で思っていた。

魔塔の魔法使い様には『変人』が多いって、本当なのかも………。

ノース様は女性の魔法使い様を呼びに行き、すぐに戻ってきた。

一緒に現れたのは清涼な風のようなミントグリーンの長い髪の、見るからに大人のお姉さんだ。

「あらあら、あなたが『噂の』ルーツィアちゃんね！　初めまして、私はグレイスよ～」

「は、初めまして」

にこやかに挨拶をしてくれるグレイス様はとても感じがよくて、優しそうな人だと思う。けれど、彼女の言った『噂の』という言葉が気になってしまった。

これまでも、何かと噂されることが多かった私。だけど、その内容がいいものであったことなんてない。

考えたくないのに、頭の中に嫌な記憶が次々と呼び起こされていく。

『ああ、あれがリーステラの本当の娘か。人前に出るのはリゼット嬢ばかりだから、実際に見るのは初めてだ』

『落ちこぼれのダメ令嬢なんだろう？　見た目もリゼット嬢に比べて地味だな』

『なんでも、魔力なしの判定を受けたのだとか』

『リーステラ伯爵夫妻もさぞガッカリなさったことだろうな』

『まあ、本当に？　今時平民でも多少の魔力はあるんじゃないの』

『だからああして、伯爵家でも扱いに困っているんだろう』

『まあ、リーステラ家には立派な後継ぎがいる。娘が無能でも家は困るまい。それに、リーステラにはリゼット嬢という、あの聖女様の娘がおられるのだから、多少の不運は背負ってもらわねば割に合わないだろう――』

リゼットがその美しさや稀有な能力を持つこと、誰からも愛される聖女様の生き写しであることで、どんな人にも愛され、どんな人の目も引く側で、私はずっと、そんな言葉を言われ続けていた。

私の家族にとって、私の存在は『不運』なんだ……。

たしかに、私は家族であって家族ではなかったように思う。直接ひどい言葉を言われたり、暴力を奮《ふる》われるなんてことはない。けれど、愛情を向けられた記憶もなかったなとその時に改めて実感した。

……そういえば、ノース様やセルヒ様、グレイス様も、なぜか私の名前を知っている。もしかすると、魔塔に買われるための書類にサインをしたから、契約とともに何かの知らせが届いて知っているだけかもしれない。むしろその方が可能性は高いように思う。けれど、さっきグレイス様が言っていた『噂の』、という言葉がどうしても気になってしまう。

ひょっとして、ここにも、無能で落ちこぼれなダメ令嬢という私の噂が届いているのかもしれないわ。

そう思い至ってサッと血の気が引きかけたその時――。

「グレイス！　意味深な言い方はやめろ！」

セルヒ様が、この場所に現れた時と同じように眉間に皺を寄せた不機嫌そうな顔で、グレイス様を咎《とが》めるように言った。

……と、思ったら、次の瞬間にはくるりと私の方に向き直り、優しく穏やかな声を出す。

「ルーツィア嬢、突然こんな場所に連れて来られて不安だろうに、君の知らない君の話はもっと不安になってしまうだろう。噂の、というのは、そうやって言いたくなるほどに俺が君を待ち焦がれていたということをからかっているだけなんだ！　ああ、ちなみに俺は今そこの魔法使いを名前で呼んだけれど、魔塔の魔法使いは基本的に家を出ているから家名を持たず、そう呼ぶしかないからなだけであって、名前で呼ぶほど親しいなどというわけではないということを分かってほしい」

「あ、はい……」

勢いがすごくてなんとか返事をするので精いっぱいだわ……！

そんな私たちの様子を見ながらグレイス様がどこか呆然としていて、その肩をノース様がぽん、と叩いているのが見えた。

◆◇◆◇

「うふふふふ！　まさかあのセルヒがあんな風になるなんて～！」

グレイス様が、とても面白そうに笑う。

私は今、グレイス様に「体が冷えきってしまっているから、もういっそのこと一緒にお風呂に入ってしまおう！」と浴室に連れて来られたところだった。

「そんなに、いつもと違った様子なんですか？」

　グレイス様が魔法で広い浴室の空気を暖めたり、お湯を沸かせたりしてくれているのを夢見心地で眺めながら、セルヒ様について聞いてみる。

「全然違うわ！　私、セルヒが二単語以上続けて喋るのを初めて聞いたかもしれない！」

「ええ？」

　つい驚いた声が出てしまう。だって、セルヒ様は現れてからずっと、とってもよく喋っているわよね？　二単語どころか、息継ぎが間に合っているか心配になる程喋っているような気がする。

「だから面白いんじゃないの〜。普段は本当に、ああ、とか、そうか、とかくらいしか言わないわよ！　ノースとか他の男魔法使いの前ではもう少し話すみたいだけど、女性の前ではほとんど話さないわ」

「女性の前では……？」

「だから私たち女魔法使いの中では、セルヒは女嫌いで、同性が好きなんじゃないかって噂されたこともあったくらい！　でも、ルーツィアちゃんにあれほど必死であれこれ説明しようとしているのを見ると、そうじゃなかったみたいね」

　たしかに、噂で聞いたセルヒ様は、人嫌いで、無口でほとんど喋らず、冷酷な人だってことだった。さっきまで一緒にいた実物のセルヒ様を思い返してみても、とてもそんな風には見えない。

　そして、グレイス様が教えてくれるセルヒ様の話も、さっきのセルヒ様と同じ人の話とは思えない。

「あいつね、普段口数が少なすぎて、すっごく誤解されやすいのよ。そしてそれを気にもとめないから、直す気がない。だけど、ルーツィアちゃんにはどんな小さな誤解もされたくないって感じよね〜！　うふふ、面白い！　楽しい！」

いまいちピンとこないけれど……そういえば、ノース様も少し驚いてたみたいだったよね？

だけど、もしそうだとして、どうして私の前でだけいつもと様子が違うんだろう……。

ああ、ダメだわ。いろんなことがありすぎて、心も頭もパンクしそう。

どうせ分からないのだから、考えるのをやめようと、ふうっと息を吐く。

すると、今度はグレイス様が使っている魔法が気になった。

さすが魔塔の魔法使い様！　グレイス様の魔法はとっても綺麗だわ。

私は自分が魔力なしだということもあり、魔法の訓練を受けたことはないし、訓練を受けるような場所にも行ったことがない。

だから、リーステラの屋敷でリゼットが魔法を使っているところを何度か見たことくらいしかないのだけど。

リゼットとグレイス様の魔法は、全然見た目も雰囲気も違うものだった。

リゼットの魔法は、なんというか、手からふわっと魔力を帯びた光が漂い、その光に包まれた傷が癒されていく……そんなイメージだけれど、グレイス様の魔法は魔力の流れ、導線がはっきりと分かる。リゼットの魔法よりも、魔力を精密に制御して、コントロールし、操っているという印象が強いのだ。

　魔法って、こんなにも人によって違いがあるんだ。属性の違い？　個人の使い方が違うだけなのかもしれないし、それとも魔法の性質の違いなのかな……。聖属性はとっても珍しいから、聖属性の魔法だけが他と違う可能性もあるよね？

　グレイス様は、興味深く魔法を見つめる私に気づいて、クスリと笑った。

「なあに、そんなに熱心に見つめちゃって。どうかしたの？」

「あ、ええっと、その……すごく綺麗だなって」

　見つめていたことがバレて少し気恥ずかしい。

　けれど、正直にそう告げた私に、グレイス様は首を傾げた。

「綺麗？　今、お水を温めてお湯にしているだけだけど」

「あの、私、誰かが魔法を使うところをほとんど見たことがなくて……グレイス様の魔法は、とっても綺麗なオレンジ色なんですね」

　素敵だという気持ちを込めて伝えたのだけれど……私の言葉にグレイス様はすっかり笑みを消してしまった。

　ひょっとして、魔法について触れるのは失礼だったのかしら……。

　どうしよう、私はいつだってそう、言い方が悪くて、リゼットにもいつも誤解されていたのに。

　グレイス様が優しくて、浴室が暖かくて、つい余計なことばかり言ってしまった。

　そう後悔して、怒らせてしまう前に謝ってしまおうと決心する。……もう怒らせてしまっているかもしれないけれど。

「あの、余計なことを言ってすみません……」

「待って待って、そうじゃないの！　ごめんなさいね、ちょっと気になることがあっただけなのよ――」

◆◇◆◇

ルーツィア嬢がグレイスに連れられて部屋を出ていく。その後ろ姿を見つめながら俺は思わず胸を押さえた。

「セルヒ？　えっ。どうしたんだ？」

ノースが不思議そうな顔で俺を見るが、それどころではない。

「ウッ、苦しい……どうしてあんなにも……」

「あんなにも？」

「か、可愛いんだ……」

「うひゃひゃ！　セルヒの口から女の子を可愛いって言うのが聞ける日がくるなんて！」

合いの手に思わず言葉を返すとノースが腹を抱えて笑う。いつもならば物理的に黙らせるところだが、幸せすぎて暴力に訴える気が微塵も湧いてこない。すごい。幸せってすごい。

脳みそがとろけそうだ。幸せは人を馬鹿にする。けれどそれ自体も不快ではない。むしろ馬鹿になるほど幸せだ。すごい。

やっとこの日が来た。ルーツィア嬢と初めて会ってから何年が過ぎただろうか？　ドキドキする。

きっと彼女は俺と会ったことなど忘れている。俺だけが覚えていて、片時もルーツィア嬢のことが忘れられなくて、ずっと、こうしてまた会える日を、話せる日を待っていた。

甘やかなストロベリーブロンドの髪、ルビーのように煌《きら》めく、潤んだ赤い瞳。全部全部可愛い。全部全部特別に輝いて見える。すごい。

小柄な体も守ってあげたくて愛《いと》おしく思うが、それが控えめな食事のせいかもしれないと思うと、愛しさと同時に、こんなにも俺が大事に思うルーツィア嬢を蔑《ないがし》ろにしていたリーステラ家の人間に憤りも湧く。

リーステラ家で、ルーツィア嬢が居場所を求めて、けれど見つからなくて、辛い思いをしていたことは知っている。数年前、だからすぐに魔塔に呼び寄せようとしたのに、なぜかリーステラ夫妻と彼女の兄という男に拒まれてしまった。それからはわざわざ高い魔道具を用意して結界を張ったらしく、リーステラ家の様子も見えなくなってしまった。

「貴族の娘なんでしょ？　どんなに無関心な娘でも、娘は娘。政略結婚にでも使おうと思ってんじゃないの？」

その行動がとても理解できなかったが、ノースに言われて納得した。

……本当に忌々《いまいま》しい。

けれど、彼女はこうして俺の元へ来てくれた。

まるで、運命の恋！　いや、まるでではなく、これは俺の運命の恋なんだ。

ずっと、夢見ていた。大好きな恋愛小説のように、身を焦がすような、何もかも犠牲にできてしまうような、その人だけいれば何があっても幸せでいられるような恋をして、この身の全てで誰かを愛すること。

ルーツィア嬢に出会って知った。

恋愛小説みたいな恋なんてない。

だって、人を好きになるっていう気持ちは、恋愛小説で書かれているよりもずっとずっとずっと強く、深く、そしてずっと幸せで辛い。

◆◇◆◇

俺は、小さな頃から魔塔で暮らしていた。通常は早くても魔力制御ができるようになって、自分でこの場所を望んでくることが多いが、俺の場合は違う。

俺の持つ魔力は類を見ないほど多く、度々魔力暴走を起こした。しかしこれほどの魔力量を正しく制御する方法を家族も、どの家庭教師も俺に教えることができず、やむなく魔塔の魔法使いであった俺の師に預けられたのだ。

そんな俺は、感情に乏しい子どもだった。おそらく、この身に宿る莫大な魔力のせいだろう。

そして、小さな頃から大人も感嘆するほど美しい顔をしていた。らしい。興味がないので分からないが。

幼い子供のくせに小難しい魔法書などしか読まない俺の情緒を心配して、師匠であるオーランドは数冊の本を渡してきた。その全てが物語を描いた小説で。

戸惑う俺に、オーランドはいつものようにどこかへらへらとしながら言った。

「全然面白くなくてもとりあえずそれ全部読んで、全部つまんなくてもとにかくどれが一番面白かったか教えてね～」

魔法書は必要だから読む。だけど、物語なんて何が面白いんだ……。

渡された本を確認する。タイプの違う冒険物語が二冊、動物とほのぼのするような話、無能と言われた魔法使いが成り上がる話……他。どれも主人公が熱く、師匠の好みが偏っているのが分かる。

その中に紛れていたのが一冊の恋愛小説だった。

なんだこれ、これだけ他のと違う。

こんなの、一番興味ないし……というか、この本だけあまりに違うし、オーランドのじゃないだろ。間違って持ってきたのかな。ハア、とにかくめんどくさ。

それでも俺は素直な弟子で、こんな自分を面倒見てくれる師匠にそれなりに恩も感じていたから、きちんと言いつけを守った。

数日後、オーランドに本を返しに行く。

「うーん、魔法書は『それちゃんと読めてるの？』って聞きたくなるほど読むの早いのに、興味ない本は読むのすっごく遅いね！　まあ、読んできただけマシか～」

　あはは、と笑うオーランドに、まずは紛れ込んでいた恋愛小説を突き付ける。

「ん」

「おやっ、これは僕の姪っ子の本じゃあないか。間違って紛れ込んだんだねえ。すまないすまない。しかし、これが渡すつもりだった本じゃないと気づくあたりさすがだねえ」

　オーランドはそう言いながら、恋愛小説を受け取る。

「それで、どれが一番マシだった？」

「それ」

「えっ？」

「その恋愛小説だけは、すごくすごくすごく面白かった」

「ええっ？」

　ええって、なんだよ。だから、一番にその本を突き付けたんだろ。

　オーランドも、まさか俺が恋愛小説を気に入るとは思わなかったようで、それだけは読まなかったのだと思っていたようだった。俺も読まずに返そうかと思っていたけれど、もしもこれが紛れていたのが間違いではなく、オーランドがわざと入れていたのだとすれば、読まなかったときに色々言われるかもしれない。

　オーランドのからかいは面倒くさい。だから、それが嫌で、最後の最後に渋々と目を通した。

　そして、夢中になった。

恋愛小説はまるで宝石だ。色とりどりの感情がこれでもかと詰め込まれている。宝石には興味ないけど。

俺は恋愛小説にハマるとともに、ある憧れを抱くようになった。

恋愛小説のような恋がしてみたい……。

そんな俺の気持ちを敏感に察知したのが師匠のオーランドで、それに歓喜したのが両親だった。

幼くして魔塔に預けられたことで、不遇な幼少期を想像させるらしく、意外に思われることもあるが、俺は家族に大事にされてきた。オーランドの元へ預けられたのは、それが俺にとって最善だったからであり、疎ましい気持ちから追いやられたわけではないことも理解している。

俺には弟と妹がいるが、二人のように側にいてあげられないからと、父も母も分かりやすく俺に愛情を注いでくれたと思う。

そんな両親は感情に乏しい俺が恋に興味をもったことを喜び、すぐにお茶会を手配した。

オーランドの元で訓練を重ね、魔力制御が上手《うま》くできるようになっていたことも功を奏した。

今まで弟や妹が同年代の令息令嬢と交流を持つためにお茶会に参加していることも知っていたが、これまで全く興味がなかった。けれど、参加へと至る経緯が経緯なために、俺の胸には期待が湧きあがった。

「運命の相手に出会えちゃったらどうしよう」

そんな俺をオーランドは腹を抱えて笑ったけれど、気にならないほどに心が浮き立った。

しかし、そんな期待は七度目のお茶会参加の頃には綺麗さっぱり消え失せる。

誰にも興味がわかない……。

全くわかない。微塵もわかない。辛いほどわかない。

やっぱり、自分はどこか欠落しているのかもしれない。こんな自分には恋愛小説のような恋など未来永劫無理かもしれない。

良かったことと言えば、多少の社交性が身についたことだ。普通に笑顔を作り、普通に感じよく話すことはできる。俺の見目《みめ》はやはりいいらしく、同年代の令嬢は目を輝かせて俺と話したがるから、その相手をそつなくこなす。まだまだ幼い俺だったが、人前で人好きのする子供を演じられるようになっていった。

しかし、目に見えてどんどん心が荒《すさ》んでいく俺を見て、両親はお茶会をやめた。

それからは、恋愛小説は現実ではないから心が潤い、楽しめるのだと割り切って、ただの読み物として楽しむようになった。

けれど、俺はある日、ルーツィア嬢と出会った。

◆◇◆◇

「それにしても、お前が好きな子の前でまさかあんなにも豹変するなんて……ぷくく、思い出しても笑える～！」

ノースがニヤニヤと俺を見てそう言うが、この建物の中にルーツィア嬢がいると思うと怒る気もわいてこない。魔塔は広いが、一つ屋根の下だ。実質寄り添っているようなものではないだろうか？

それに、ルーツィア嬢のことでからかわれている思うとむしろ気分がいい。不思議だ。恋はすごい。

むしろ、話を聞いてほしいとすら思う。

「俺は、恋愛小説が好きだ」

「知ってるけど？　オーランド以外で俺くらいだよね～この魔塔でそんなこと知ってるの。意外過ぎだし」

「恋愛小説には俺に必要な英知が詰まっている」

「へっ？」

話が見えないのか、ノースがマヌケな声を出す。

恋愛小説にはいくつか『よくある展開』というものがある。それはきっと、恋において起こりがちな事件やハプニング、はたまた、時に良きスパイスになるような事柄なのだろう。

恋愛小説を読む者は、その事件や、事件によって起こる登場人物の感情を楽しむ。しかし、俺には気づきがあった。

恋愛小説でよくある展開は……恐らく、現実でも起こりやすいものだ。

「恋愛小説で起こりがちで、現実で起こると恐ろしいことはなんだか分かるか？」

「エ……なんだろ……」

　ノースはよく女性とともにいるのを見ていた気がするが、こんなことも分からないとは。だからきっと、特定の相手がいないのだろう。適切な対処ができずに相手に振られているのか、それともそもそもノースはまだ本当の恋を知らないのか、どちらかに違いない。

　可哀想に……こんなにも素晴らしい感情をまだ味わったことがないとは……。

「ふ……」

「えっ、なんで今俺のこと馬鹿にしたように笑ったの？　え、なんで？」

　大丈夫だ、自分は感情が欠落しているのかもしれないと悩んでいた時期もある俺が、ルーツィア嬢に出会えたんだから、ノースもいつか唯一と思える大事な人に出会えるさ。

　口に出すのは癪《しゃく》なので、心の中で励ましながら、この気持ちだけでも届けてやろうかと思い、うんうんと頷いておいた。

「恐ろしいことはたくさんあるが、俺が最も恐ろしく思うことがある」

「え、今の頷きってなんだったの……」

「それは、誤解、すれ違い、勘違いだ……‼」

　これぞ、恋愛小説で定番であり、現実で起これば目も当てられない事態を引き起こしかねない恐ろしい要素‼

　小説ならばその誤解を解き、すれ違いを乗り越え、勘違いを正すことでより絆《きずな》を深めたり、両片思いの感情を正しく両想いに昇華したりということができるものであるし、それが醍醐味でもあるわけだが、現実には絶対に必要ないと断言する。

　そんな刺激的かつ危険を孕《はら》んだ道を辿《たど》らずに、全て伝えればいいのだ。想いは伝えれば伝えるだけ伝わる！　そうに違いない。

　だって、ハッピーエンドが約束されていない現実で、誤解がそのまま悲劇の結末を引き起こしたらどうするんだ？

『セルヒ様、私のことをそんな風に思っていたんですね……もういいです。サヨナラ』

『ま、待ってくれルーツィア！』

　ある恋愛小説のワンシーンが、俺とルーツィア嬢のやりとりとして自動再生される。

　う、うわああ！　想像するだけでゾッとする‼

　無理だ……無理すぎる……

　誤解からルーツィア嬢を悲しませるのも絶対に無理だし、すれ違いからルーツィア嬢に冷たい目で見られ別れを告げられるなど……もうこんなの誤解解く前に死んじゃう……。小説のヒーローたちメンタル強い。すごい。

「ということで、俺はルーツィア嬢に絶対に誤解をされたくないんだ」

「よく分からないけど、分かったよ……」

　ルーツィア嬢と出会った日から、いつか、ルーツィア嬢と再会できる日を夢見て。未来の誤解の種を決して作らないように、無理に人に良い顔をすることをやめた。

　それにより、人嫌いや女嫌い、冷酷な魔法使いなどと言われてきたが、ルーツィア嬢に誤解されなければなんでもいい。特に交流したいとも思わないしな。

「あとは……この溢れんばかりの愛を伝え、ルーツィア嬢に振り向いてもらう……！」

俺は恋愛小説で見たヒーローたちの素晴らしい行動の数々を参考にしようと思い返しながら、強い決意を新たにしたのだった。

◆◇◆◇

「ルーツィアちゃん、すぐに準備するから少しだけ待ってちょうだいね」

大きな浴室の準備ができると、グレイス様はぱちんと指を鳴らす。すると、次の瞬間には私とグレイス様は、薄い浴室着姿に早変わりしていた。ふわりと揺れた裾にはかすかにオレンジ色の光が灯《とも》っていたけれど、それもすぐに消えていった。

「わあ……！　今のも、魔法ですか？」

今の光、魔法の残滓《ざんし》よね？　やっぱりグレイス様の魔法はオレンジ色だわ！　温かいグレイス様にぴったりのお色。

「うふふ。そうよ！　私はお洒落が大好きで、こういう魔法がすごく得意なのよ～！　きっと、だからセルヒは私を呼んだのよね。だって、初めての場所で知らない人ばかりで、着替えのお世話をしてもらうなんて緊張しちゃうじゃない？」

きっと、普通の貴族の娘なら……リゼットなら、初めての場所で初めての相手にお世話をされても自然に振る舞えるだろうなと思う。けれど、私はそうじゃないから、こうして配慮してもらえて少しほっとしてしまった。

……本当は、着替えのお世話どころか、入浴はいつも一人でしていたから、グレイス様にお願いしなくても大丈夫だったのだけれど。だけど、ご厚意が嬉しくて、グレイス様の優しい雰囲気が心地良くて、そんな余計なことは言わないでおこうと思った。

その後は、何十人と一緒に入れそうな大きな浴室でお湯にゆったりと浸かりながら、グレイス様に魔塔について色々と教わった。

ちなみに魔塔の魔法使いはやっぱり個性的な人が多く、その中でもグレイス様は比較的『普通』の感性を持っているため、外の仕事――つまり、魔塔外で、人に関わる仕事にはよく駆り出されるのだとか。

確かに、グレイス様はとっても話しやすくて、知らない人と話すことに慣れていない私でも、なぜか緊張せずに話していられる。

こんなに話すこと、今までなかったかもしれない。

「このほわほわしたオレンジが理由なのかなあ」

「えっ？」

グレイス様に不思議そうに聞き返されて、驚いてしまった。

わあっ、今、思ったことが口に出ていた⁉

私は慌てて口を抑える。今まで屋敷では一人ぼっちでいることが多くて、ついつい独り言を口に出すのが癖になっていた。

「な、なんでもありません」

「そう……」

グレイス様は否定してくれたけれど、さっきも魔法について不用意なことを言ってしまって、グレイス様に失礼なことをしたばかりだったので、私は口を噤《つぐ》む。グレイス様は私が話したがらないことを無理に聞かずにいてくれて、その時も深追いはされなかった。

魔法についてはこれまでたくさんの書物を読んだけれど、何を聞いたら失礼になってしまうとか、人の魔法にどこまでは普通踏み込むものではないとか、そういうマナーのようなことは書かれていなかった。そういうことは普通、家庭教師の先生に最初に教わるものだと思うけれど、魔力なしの私にその手の教育はなかったので、当然知っているべきなのに知らないでいることもあるかもしれない。そう思うと、無暗《むやみ》に魔法のことを口に出すのはやめた方がよい気がした。

知らずに失礼なことを言ったり、誤解をされたりしてしまったら大変だもの。

何年も一緒にいたリゼットにさえ、そうしてよく誤解されたり、傷つけてしまったりしていたんだもの。今まで以上にもっともっと気をつけないと……。

入浴を終えると、またもやグレイス様が指を鳴らす。次の瞬間には濡れた髪がすっかり乾き、私は浴室着からシンプルなワンピースに着替えていた。

「そのワンピース、とっても着心地がいいでしょう？　私からのプレゼントよ～。私の部屋着と同じ物なの！　うふふ、お揃いね！」

プレゼント……お揃い……。思わぬことにきゅっと胸が詰まる。

誰かに何かをもらうなんて、いつぶりのことだろう？　それに、お揃いだなんて……私と同じものを持つこと、嫌じゃないんだ……。


グレイス様に連れられて、元の場所へ戻る。すると、随分時間が経っているはずなのに、セルヒ様とノース様はまだそこにいて、ついでに男の人が一人増えていた。

その人はボサボサの赤髪に、メガネをかけていて、

「ああっ、これはすごい！　ふむふむ。どの角度から見ても素晴らしい！　ハア、いつまでも見ていられる。ノース殿、こんな魔獣をどうやって連れてきたのですかっ⁉」

……私と一緒に魔塔に来た魔獣を前に、なんだかとっても興奮している。

「え～どうやってって言われても。普通についてきたからそのまま連れてきただけなんだけど」

「いやいや、本当に信じられない！　普通にと言いますが、普通はまずこのレベルの魔獣を誰も怪我させずにつれてくるなど考えられませんよ！　たとえあなたレベルの魔法使いでもです！」

「へえ～」

魔獣はそんな騒がしさをものともせず、ぺたりと床に伏せてじっと大人しくしているようだったけれど、ピクリと耳を動かすと、顔を上げて私の方を見つめてきた。そのまま立ち上がると、こちらに近づいてきて、すりすりと私の手に鼻先を擦りつけてくる。

最初に森で会った時はものすごく怖い思いをしたけれど、こうして見てみるとすごく可愛い。

そんな気持ちのまま恐る恐る頭を撫でてみると、気持ちよさそうに目を瞑ってくれる。

ひょっとして、私が戻ってくるのを待ってくれていたのかしら……？

赤髪メガネの男の人は、そんな魔獣と私の様子をポカンと見つめていた。

「まさか……これは……信じられない」

男の人の呟きに、セルヒ様が険しい表情を浮かべ、口元を抑えながら頷いて、同意した。

「ああ、たしかに……これは見ていられないな」

男の人に続いて、セルヒ様も呟いた、その内容に思わず心臓がドキリとした。

『信じられない』『見ていられない』

その言葉は、どう考えてもいい意味ではない。何を見てそんな風に言われているのかも分からないし、何が悪かったのかも分からないけれど、きっと私が何か良くないことをしちゃったんだわ……！


心当たりがなくたって、不快な思いをさせてしまうのは、きっと私が悪いからだ。私はいつもそう。だから、皆私を好きにはなってくれないし、私はリゼットみたいにはなれない――。

そうやって、またもや暗い気持ちに心が引きずり込まれそうになった瞬間、セルヒ様はうめくように言葉を続けた。

「本当に、見ていられない……なんだ、そのワンピースは……！」

えっ、これがダメだったの……？

私は思わずワンピースの裾をぎゅっと握り、俯《うつむ》いて、視線を下に彷徨《さまよ》わせた。

　でもそうよね、グレイス様とお揃いのものなんて。美人で大人のお姉さんであるグレイス様に似合うものが、私なんかに似合うわけがないもの。きっと、自分でそう思う以上におかしいんだわ。見ていられないって、言われちゃうぐらい見苦しいんだ。

　……と、思ったのだけれど。

「か、可愛すぎて、見ていられない……！　うっ、それに、こんなに可愛いルーツィア嬢を、ノースとアルヴァンにも見られてしまった……⁉　仕方ない、二人の目を潰すか……⁉　いや、だめだ、最後にその目に映したのが可愛いルーツィア嬢ということになればますます許せない」

「へっ」

　今、なんだかとんでもなく物騒なことを言わなかった？

　……ううん、それよりも気になることがあった気がする。

「か、可愛い……？」

　セルヒ様は今、私のことを可愛いって言ったの？　私が、可愛い？　リゼットじゃなくて私なのに？

　なんてこと！

　私はあまりに驚いて、ぴしりと固まってしまった。

「はあ、呆《あき》れちゃう。セルヒ！　たしかにルーツィアちゃんは可愛いけど、それだけで取り乱していたらこれからどうするのよ？」

　えっ！　グレイス様も私を可愛いって……！

……いや、ううん、そんなのお世辞だよね。だって、私だもん。

しかし、セルヒ様は止まらなかった。

「『それだけで』？　グレイス、お前は今、『それだけで』と言ったのか？　聞き捨てならないな。なんたってこの可愛さだぞ！　本当はノースやアルヴァンどころかお前の視界にも入れたくないくらいだ。ルーツィア嬢の可愛さは異性どころか同性をも魅了しかねない。いや、する。絶対する。なぜならば俺はこんなに可愛く、可憐で、天使のような女性をルーツィア嬢以外に見たことがない！」

「やだ〜、無口で誤解されまくってる間もめんどくさって思ってたけど、喋りまくるセルヒもめんどくさーい」

バッサリ切り捨てたグレイス様とセルヒ様は、ついに言い合いのようになってしまった。

私はあまりの恥ずかしさに、思わず悲鳴のような声が漏れてしまう。

「ひ、ひええ……」

さすがの私にも分かった。セルヒ様は、お世辞で言ってくださってるわけじゃないんだ。だって、お世辞でここまで言う必要ないもの。ううん、よく考えればセルヒ様が私にお世辞を言う必要そのものがない。

ということはつまり、全部全部本当にそう思ってくださってるんだ。

さっきまで心に重くこびりついていた『だって私だし』『どうせ私なんて』が、吹き飛ばされていく。なんだか心がふわふわして、不思議な感覚だった。

　セルヒ様がグレイス様と言い合っている間に、赤髪メガネの男の人がスッと私の側に近寄ってきた。

「初めまして、私はアルヴァンといいます。私は魔獣が大好きでして、他の魔法使いに『魔獣マニア』と呼ばれています」

「あ、初めまして、ルーツィアと申します……！」

　ぺこりと礼をしながら挨拶してくださったアルヴァン様に、私も慌てて頭を下げる。

　すると、アルヴァン様の目がキラキラと輝いていることに気がついた。

「――それで、そちらの、あなたに寄り添って離れようとしない魔獣さんと、どこで、どうやって出会い、どのように絆を育《はぐく》んで、どれくらいの年月を、どんな風に過ごしてきた結果、そのような信じられない状態になったのか、できる限り詳細に教えていただいても!?」

「え!?　ええっと」

「だって、本当に信じられない！　多少のことならまだしも、魔獣がここまで人間に懐《なつ》くなど、私の知る限り初めてのことです！　それも、魔獣マニアと呼ばれるこの私がその存在を知らないほどの珍しい魔獣。さらにヒシヒシと肌に感じる膨大な魔力と神秘性。もしやあなた、生まれてすぐこの魔獣に拾われて、今日まで育てられてきた、なんておとぎ話みたいなこととかあったりします？」

　セルヒ様、すっごく喋ると思っていたけれど、この人もすっごく喋る！

　あまりの圧にタジッとなっていると、心配そうな魔獣が控えめに「クウン……」と鳴いて、私の体に大きくてふさふさの尻尾を巻き付けてきた。

その尻尾を無意識にわしっと両手で掴みながら、なんとか答える。

「いえ、あの、この子とは、ついさっき初めて出会ったばっかりです……」

あ、もふもふの尻尾、触ってるのとっても落ち着く……。

そんな風に半分現実逃避していると。

「あ、あああ、尻尾を、触ることを、許されるなんてー!?　こ、この世の奇跡……」

「わあああ!?　アルヴァン様ー!?」

なんだか目をカッと見開いて叫んだアルヴァン様は、現実から締め出されていくように、白目をむいてその場で気絶してしまった。

その体が倒れていく寸前、ひょいっとノース様が受け止める。

「あはは、変人ばっかりでごめんねー?」

「い、いえ」

あまりにも目まぐるしく色々起こりすぎて、私はそう絞り出すので精いっぱいなのだった。

「ルーツィア嬢は、疲れているだろう?　すぐにでも休める準備は出来ているが、もう眠いかい?」

やっとその場が落ち着くと、セルヒ様が優しくそう聞いてくださった。ちなみにアルヴァン様は近くに置かれたソファに寝かされている。時々嬉しそうに「うふふふ……」と笑う声が聞こえるので、幸せな夢を見ているようだ。

「いえ、正直、疲れて……は、いると思うのですが、色々なことが起こりすぎて目が冴えています」

　疲れている。とても疲れているのだけれど、眠れる気は全くしなかった。セルヒ様の聞き方が、このまま眠らないのであれば、何か話があるのでは？　と思えるものだったので、私は正直にそう答える。

　思えば、リーステラのお屋敷で私のことを気にかける人なんていなかったから、こんなにたくさん会話するのはすごく久しぶりな気がするなあ、なんて思いながら。

「それじゃあ、明日からのことを話してもいいかい？　疲れてすぐに眠れるなら体を休めるのが一番いいだろうけれど、眠れないなら、先のことを知らないまま一人になるのは恐ろしいことではないかなと思うのだけど、どうかな？」

　私はちょっぴり、感動してしまった。つまり、私の気持ちを考えて、今話そうかと提案してくれているようだと気づいたから。そんな気遣いが予想外で、つい驚いて視線を彷徨わせると、ノース様もグレイス様も優しい目で私を見ていた。それは、決して私を急《せ》かすことはしない視線。

　リーステラの屋敷の中で、私に一番視線を向ける機会が多かったのはリゼットだった。

　そして、リゼットが私に向けるのはいつだって責めるような視線だった。

『ルーツィアは、どうして私にひどいことばかりするの！』

『ルーツィアはそんなに私のことが嫌いなのね！』

『私は良かれと思ってやっただけなのに……ルーツィアはいつもそうだわ』

『お父様もお母様も、いつも泣いているわよ！　どうしてルーツィアは私に優しくしてくれないのかって』

『ルーツィアのせいで、皆が辛い思いをしているのが分からないの？』

『ルーツィアは』

『ルーツィアは』

『ルーツィアは――』

――いやっ、やめて、そんな目で私を見ないで……！

「ルーツィア嬢？　顔色があまり良くないみたいだが、やっぱり今日は休むかい？」

優しい声に、ハッと意識が引き戻される。

「い、いいえ、大丈夫です。お話を聞かせていただければ嬉しいです」

私たちはテーブルを挟んで、それぞれソファに座る。私の横にグレイス様、向かいのソファにノース様とセルヒ様が座った。魔獣さんは私の足元に当然のように寄り添うと、尻尾を私の足に巻き付けて目を閉じている。

セルヒ様は最初、私の隣に座ろうとされたみたいだったけれど、グレイス様に「私が魔法で身支度を整えているとはいえ、お風呂上がりの令嬢に対して距離が近すぎるんじゃないのかしら？　デリカシーがない男は嫌われるわよ！」と怒られて移動していた。なんだか気を遣ってもらって申し訳ないけれど、確かに少し恥ずかしかったのでホッとした。というか、そうやって私の気持ちを思ってくれるのがすごく嬉しくて……何か言葉を発すれば泣きそうだったから、黙っておいた。

ちなみにアルヴァン様の寝かされているソファは少し離れた場所に魔法で浮かせて移動させられていた。結構大胆に動かされていたけれど、「おお！　魔獣の背中の乗り心地、悪くない……」と呟いていたので、やっぱり幸せな夢を見ているようだ。

「それで、君の明日からの生活についてなんだが……」

私はごくりと唾《つば》を飲み込んだ。

そう、そうだった。私はこの魔塔に売られてやってきたのよね。なんだかすごく優しくしてもらって、すっかり気が緩んでしまっていたけれど、その事実を思い出して途端に緊張が湧きあがってくる。

これから、私はどうなるんだろう……。

不安になって、手を握りしめ、目をぎゅっと瞑る。

「とりあえず、今日からここで暮らしていくことになるわけだから、魔塔のことを知ってもらうことから始めるのが良いかと思うんだ。それで、魔塔のあらゆる仕事の補助を一通りやってみてはどうかと思うんだけれど、どうかな？」

「えっ？」

思っていたのとは違う内容の話に、思わず目を開けて見てみると、セルヒ様は不安そうに、うかがうように私を見ていた。そして、私と目が合うと慌てたように続ける。

「ああっ、もちろん、補助と言ってもごくごく簡単な内容だよ。少しでも嫌だなと思う場所はすぐに引き上げてもいい。これは提案であって、ルーツィア嬢の気持ちが最優先だから、嫌なことは無理にする必要はないし、何もしたくないというならただゆっくりしてくれているだけでもいいんだ。ただ、君はひょっとして、何かしていなければ落ち着かないかもしれないと思って」

咄嗟に何も答えられないでいると、セルヒ様は穏やかに聞いてくる。

「何か質問や気になることがあれば、なんでも聞いてくれ」

……質問なんてない。セルヒ様は本当に、全部説明してくださったから。

ううん、違う、質問と言うか、気になることというか、ひとつだけあったんだった。

「あの」

「うん？」

ものすごく聞きづらくはあったけれど、セルヒ様が優しく促してくれたので、私は勇気を出して聞いてみる。

「その、お仕事の補助って、人体実験の被験者をしたりすることも、ありますか……？」

その瞬間、セルヒ様はソファの上から崩れ落ちていった。

そのままセルヒ様は、テーブルの陰に隠れるように視界から消え、そして一瞬で戻ってきた。

「ル、ル、ルーツィア嬢！　一体誰が君にそんなことを言ったんだ⁉　ノース、お前か⁉」

「ええー、とんだ濡れ衣《ぎぬ》にびっくりなんだけど」

大慌てでノース様に詰め寄るセルヒ様に、私の方こそ焦りが湧いてくる。どうしよう、余計なことを言っちゃったかも……！

「あの、あの、違うんです……」

ついびくびくしながらなんとかそう告げる。私の怯《おび》えを感じ取ったのか、足元に伏せていた魔獣さんがこちらをうかがうように少しだけ顔を上げて、尻尾をファサッと私の膝の上に差し出してきた。そわそわしている私はそれを無意識に両手で掴む。

あ、もふもふの尻尾、やっぱり落ち着く……。

私の声はとってもとっても小さかったけれど、セルヒ様は聞き零《こぼ》すことなくすぐに反応してくださった。

「ち、違う？　誰かに言われたわけじゃないということ？　それなら、一体どうしてそんな風に思ったんだい？」

「あの、魔塔の噂で……私のような無能が魔塔に招き入れられるのは、魔獣の餌にされるとか、人体実験に使われるとかって、聞いたことがあって……」

言いながら、どんどん声が小さくなっていってしまう。だって、このセルヒ様の反応、どう考えてもそんな事実はないって感じだよね？　それってつまり、こんなに優しく親切にしてもらっておきながら、とんでもなく失礼なことを言ってしまったということだよね？

セルヒ様は額に手を当てて、大きなため息をついた。

どうしよう……。

人体実験の恐怖はなくなったけれど、今度は『なんて失礼で嫌な奴なんだ！』と思われてしまったかもしれない！　という恐怖に支配されていく。こうやって、私は間違って、嫌われていく……。

――と、落ち込みかけたのだけれど。

「はあ、良かった……やっと君を魔塔に呼ぶことができたのに、早々に君を傷つけようとする悪意のあるやつが現れたのかと思った……ふう、本当に良かった。どうやって排除してやろうかと思った」

声が小さくて最後はなんて言っていたのか聞こえなかったけれど、セルヒ様は良かった良かったと呟きながら、ホッとしたように表情を緩めていた。

私、ひどい勘違いで失礼なことを言ってしまったのに、呆れられていないの……？

「あの、ごめんなさい……！」

「ん？　どうして謝るんだ？　今のうちに君の誤解が解けて良かった。誤解やすれ違いは本当に恐ろしいものだからね……！　むしろ、飲み込まずに聞いてくれてありがとう。きっと恐ろしくて聞きにくかったはずなのに」

「セ、セルヒ様……！」

怒ったり呆れたりするどころか、ありがとうだなんて言われるなんて……！　感激する私の頭をグレイス様が撫でてくれる。

「まあ、どちらかというと、事前に本人に説明なく魔塔に迎える準備を整えたセルヒが悪いわよね～」

「う、うぐっ」

「いえっ、あの」

書物や噂を鵜呑《うの》みにした私が悪いんです！　と言おうとしたけれど、それより先にノース様が続ける。

「そうだよね、そもそもルーツィア嬢が今のタイミングで、こんな夜に、突然魔塔へ来てくれることになった経緯も聞けてないしさ〜、圧倒的にセルヒの段取りが悪すぎるんじゃないのー？」

「くっ、否定はできない……っ」

「ええっと、その」

なぜかセルヒ様が責められていることが申し訳なくて、説明しなくちゃ！　と思うものの、何をどう説明すればいいんだろう？　と思ってしまって、うまく言葉にならない。

だって、私は家族に愛されない子供だったんです、なんて、言葉にして言うのはちょっと辛すぎる。少なくとも今は、うまく伝えられる気がしない。

そもそもリゼットがなんとか両親を止めてくれていたのに、その厚意を無下《むげ》にして勢いでリーステラから逃げ出したのは私自身だ。

そう考えると、好きになれない私を今まで家族でいさせてくれたことに対して、お礼も伝えずに飛び出してきた自分が最低に思えてきた。

悲しくて、そんなこと考えもせずに出てきちゃったけど……。

だけど、もうどうしようもない。

またもや暗い気持ちに引き摺られそうになった瞬間、ソファで眠るアルヴァン様が突然大声で叫んだ。

「あああ！　ま、魔獣に踏んでもらえるなんて！　幸せ……」

そしてそのままぐうぐうと再び寝息を立て始めた。ええ？　今のも寝言なの？　すごくはっきり喋っていたわ……！　そして、やっぱり幸せな（？）夢を見ているらしい。魔獣に踏まれるのが幸せなのかどうかはよく分からないけど……。

部屋の中に、なんとも言えない空気が広がる。一気に間の抜けた雰囲気になってしまった。

「……とにかく、さすがにそろそろ寝ましょう？　ルーツィアちゃん、目がとろんとしてきているわ。女の子はお肌のためにも夜更かしは良くないし」

グレイス様が私の顔を覗き込んで言う。

言われてみれば、さすがにちょっと眠くなってきたかもしれない。

「そうだねーとにかく、明日からも怖いことは起きないよって分かってもらえたから、今日のところはいーんじゃない？　一気にあれこれ言われても大変だろうしさ～」

ノース様があくびをしながら言う。

たしかに、知りたいことは山ほどあるけれど、すでにいっぱいいっぱいかも。

「それじゃあ、グレイスに部屋まで案内してもらって、今日はゆっくり休んでくれ。明日は、俺が魔塔の中を案内するよ」

セルヒ様がそう言って、蕩《とろ》けるように微笑んでくださった。

この時の私には、私に対しての『優しくて親切なセルヒ様』が全てであって、『いつものセルヒ様』がどんな風だったのか、当然だけど全く知らなくて。

翌日、魔塔の中を案内されながら、セルヒ様の私への対応を見た他の魔法使いの皆さんがあんなに驚くなんて、私は想像もしていなかったのだった……。

「わあ」

翌朝目が覚めると、私のベッドには大きな魔獣さんがもぐりこんでいて、一緒に眠ってくれていた。

ええっと、この魔獣さんは、部屋の隅《すみ》に専用のベッドを用意してもらっていたはずだったけど……。

気持ち良さそうに寝息を立てている魔獣さんの背中をそっと撫でてみる。ツヤツヤだ。疲れているのか、全然目を覚ます気配がない。この子はこの部屋にいていいと言ってもらえているし、今日はこのままこの部屋でゆっくりさせてあげよう。

私と同じように、魔獣さんも初めての場所で誰かとくっついていたかったのかしらと思うと、ちょっとほっこりした気持ちになった。

そうこうしているうちにグレイス様がやってきて、朝ご飯を一緒に食べて、身支度を手伝ってくださった。

約束の時間にセルヒ様がお部屋まで迎えに来てくれると、グレイス様は私の肩に手を置き、真剣な顔で見つめてくる。

「それじゃあ、ルーツィアちゃん。もしもセルヒが何か気に入らないことをするようだったら、すぐに私を呼ぶのよ！」

「は、はい……！」

そうしてグレイス様に送り出されてセルヒ様の方へ行くと、彼はものすごく不安そうな顔をしていた。

「今さっき、グレイスが何か俺の悪口を言っていなかったか？　あいつめ、ルーツィア嬢が俺のことを誤解してしまったらどうしてくれるんだ……！　もちろん、俺は君の嫌がることはしないと約束するが、もしも万が一何か気になることがあればすぐに言ってくれ。気づかず君の意に沿わないことをしてしまうことが、俺にとっては一番恐ろしいのだから」

「はっ、はいぃ……！」

あまりに必死に言い募《つの》られて、私は慌てて頷いた。


昨日はあまりに急な出来事に落ち着いて見ることはできなかったので気づかなかったけれど、改めて見てみると、魔塔の中はとても明るく、落ち着いた雰囲気だった。

『魔獣の餌』だとか、『人体実験』なんて噂が恐ろしすぎて、なんだか暗くて冷たい雰囲気の場所を想像してしまっていたのだけど……本当に噂なんてあてにならないわよね。

「基本的な居住空間についてはグレイスに聞いた方がいいだろうから、一通り魔塔の中を歩きながら紹介しようと思うのだけど、どうかな？」

「はい、よろしくお願いします」

ドキドキしながら頭を下げると、セルヒ様は優しく微笑んでくれる。

「そんなに緊張することはない。君に仕事の補助をしてもらう魔法使いについても、君の負担にならないように気難しい奴や言葉や態度が荒い奴につけることはしないから。ルーツィア嬢が関わることになるのは人が好きで、優しく穏やかな者ばかりだよ。それじゃあ、説明しながら行こう」

「はい！」

セルヒ様がとても私のことを考えてくださっているのが分かるから、緊張はするけれど不安はない。むしろ少しワクワクしている。これってすごくありがたいことだよね。

私は魔力なしだから、どんなお手伝いができるか分からないことだけが少しだけ心配だけど……。むしろ、お手伝いできるようなことが何もなかったらどうしよう。

そんな心配を抱きながらも、魔塔の見学は進んでいく。

セルヒ様の説明は丁寧で簡潔で、とても分かりやすいものだった。

魔塔は外からでは一つの大きな塔にしか見えないけれど、実は二棟の建物に別れていて、私たちが今いるのは居住空間の棟で、もう一つがお仕事をする棟なんだとか。

魔塔では、よくある騎士団のように魔法使い様たちが隊や班で分かれているなんてことはないようで、基本的な義務さえ果たしていれば、あとは好きなように魔法の研究などをしていても許されるらしい。

「ちなみに、基本的な義務というのは、王宮などからの要請があった場合にその依頼に応えること、そして魔石に魔力を溜めることだ」

「魔石に魔力を、ですか？」

セルヒ様は頷き、一つの魔石を自身のローブの懐から取り出した。

「魔法の研究や魔道具の作成には多くの魔力を使うことが多々ある。そして、そういったことは王宮魔法士団などでも行われているが、魔力が足りなくなることも多いんだ。そこで、魔力量が桁外れの魔法使いが多く揃う魔塔の者が、魔石に魔力を溜めて提供している。その代わりにある程度の自由を保障してもらっているんだよ」

「なるほど……」

「魔塔に暮らす魔法使いは、集団行動が苦手な者が多い。王宮には騎士団と同じように、統率された王宮魔法士団があるが、ここはそういう場所とは全く違うんだ」

それってかなり自由度が高いってことだよね。

ただし、研究したい内容が同じで、本人同士が望めば、数人で班に近い形をつくることもあるんだとか。

そうして楽しく話を聞きながら歩いていたんだけれど。居住空間のある棟から、お仕事をする棟へと移動するための扉の前に立った時、早速問題に直面してしまった。

私は弱り切って、掠《かす》れた声で告白する。

「あの……私、魔力なしなんです……」

塔を繋ぐ扉には、魔石がはめ込まれていて、そこに魔力を流すと開く仕組みになっていたのだ。

これでは、私は一人でこの扉を開けることができない。

今日はセルヒ様が一緒にいてくれるからよいとしても、今後のことを考えると、魔力がないということは魔塔で生活するにあたって死活問題のように思われた。

そうだよね、魔塔には、普通よりも魔力の多い魔法使い様ばかりがいるって言っていたし、この扉が開けられない人なんて、普通はこの場所にはいるはずがないんだわ。

ふと考える。セルヒ様はひょっとして、私が魔力なしであることを知らなかったのじゃないかしら。

もしもそうだとすると、今まさにその事実を知って、どう思うだろうか。

魔法使いではなくとも、貴族には普通魔力があるのが一般的だというのに、まさか魔力なしだとは思いもしなかったと、ガッカリされてしまうかもしれない……。

私の脳裏には、五歳で受けた魔力鑑定の際、私に魔力なしの判定が出された時の、両親の落胆した顔が浮かんでいた。

表情を失くし、ため息をついて、そして目を逸らして……次に目が合った時には、私になんの興味もないっていう目をしていた。ううん、それでも目が合っただけマシだった。あれからしばらくすると、目が合うことすらなくなっていったんだもの。お父様とお母様が私を見るのは、リゼットが泣いて、そのことで私を責める時だけ。

いくらセルヒ様が優しくても、それとこれとは別だ。どんな反応をされるのかが怖くて俯いてしまった私に、セルヒ様は「ああ」と、何かを思い出したような声を出した。

「そういえば、ノースがルーツィア嬢からそう聞いたと言っていたな。記録にも君は魔力なしだと記されているのを確認しているよ」

それを聞いて、少しほっとした。少なくとも、魔力があると思われて、この場所に買われたわけじゃないと分かったから。

けれど、続いて言われた言葉は、あまりにも予想外のものだった。

「けれど、ルーツィア嬢。君に魔力がないなんてことはないと思うよ」

「えっ……？」

「まあ、すぐには信じられないよね。もしもやっぱり魔力がなかったとしても、俺の魔力を溜めた魔石を渡すから何も心配はいらないけれど、気になるなら、まずはそれを確かめに行こうか」

そう言って連れて来られたのは、魔塔のお仕事用の棟のとある部屋だった。セルヒ様の説明によると、どうやらこの場所では魔力鑑定ができるらしい。

部屋の奥には台座になった場所があり、そこに少し水色を帯びた水晶が置かれている。

……そして、その水晶の隣には、少しオレンジ色を帯びた水晶も並べて置いてあった。向かって左が水色、右がオレンジ色だ。

他にも、何やら見たことのないアイテムが部屋のあちこちに置いてある。

たくさんのアイテムについても興味があるけれど、やっぱり一番に気になったのは水晶だ。

あれがきっと魔力鑑定用の水晶なんだよね？　どうして少し色の違うものが二つもあるんだろう？

そう疑問に思っていると、私の視線に気づいたセルヒ様が説明をしてくれる。

「この国の人間が五歳で受ける神殿の魔力鑑定で、主に使うのはこっちの水色を帯びた水晶だ」

そう言いながら、セルヒ様は向かって左側に置かれた水晶を指し示した。

確かに、私の記憶でも、五歳の頃に神殿で見たのは水色を帯びたものだったような気がする。

「そもそも、人が持つ魔力には二種類ある。普通の人間は体内に魔力回路を持ち、そこに、生まれ持った魔力が常に流れている。それを測ることができるのがこの水色を帯びた水晶だ。ほとんどの人間が、その普通の魔力しか持たない」

そして、セルヒ様は次に、向かって右側に置かれた、オレンジ色を帯びた水晶に触れる。

「こちらの水晶で測れるもう一つの魔力は、魔力回路ではなく自らの肉体、血、細胞、体を作り上げている全てで生み出される魔力で、特殊魔力と呼ばれている。魔塔の魔法使いである俺たちのように特別魔力が多い魔法使いは、普通の魔力と特殊魔力の両方を持っていることが多いけれど、そもそも魔力に二つの種類があることを知らない者も多い。人は自分になじみのないものには興味がないからな」

どうしよう、初めて聞く話ばっかりで、なんとかついていくのに精一杯だわ。

セルヒ様によると、魔法は複雑で奥深く、学ぶべき内容は果てしないほどにあり、とても知り尽くすことはできないのだとか。だからこそ、ほとんどの人は普通の魔力についてだけ学ぶ。

昔は普通の魔力と特殊魔力、どちらも学ぶことが普通だったらしいけれど、自分が持たない特殊魔力について学んでも自分にとって何の糧《かて》にもならないため、少しでも身になる勉強をと切り捨てられていった結果、今では特殊魔力はあまり知られないものになっていったらしい。

「本当は昔のように誰もが学ぶべきことだと思うけれどね。ただ、やっぱり少ないとはいえ特殊魔力を持つ者は生まれるから、五歳の魔力鑑定の際に、魔力量が一定以上あった者はこっちのオレンジ色の水晶での第二鑑定を受けることになっているんだよ」

「なるほど……」

　難しいけれど、なんとなく分かってきた。普通の魔力しか持たない人が圧倒的に多いために、そのことを知らない人も多いけれど、特殊魔力を持つ人はきちんと見いだされるようにはなっているらしい。

　別に秘密にされているわけでもないのにあまり広まらないのは、恐らく貴族の面子《めんつ》的な問題なのではないかしらと予想する。

　魔法についてはお爺様の古書で読む内容しか知らなかったので、こうして人に教えてもらう話がとても興味深くて、知識として面白く聞いていた。

　すると、セルヒ様はあっさりと、ちょっと聞き捨てならないことを言い始めた。

「ルーツィア嬢は、魔力なしなのではなくて、きっと普通の魔力を持たずに特殊魔力だけを持つ、稀有《けう》な例なんだと思う。ちょっとこっちの水晶で測ってみないか？」

　……待って？　セルヒ様に軽い調子で、なんだかとても重大なことを言われたような気がするのだけど。

　そう思い、ポカンとする私を見て、セルヒ様はどうしたのかと言わんばかりに首を傾げている。

そして、何かに気づいたように付け加えた。

「大丈夫。そもそも俺はルーツィア嬢に特殊魔力があるだろうと分かったからこそ、この魔塔に呼び寄せることにしたんだから」

……もしかして、私はセルヒ様とどこかで会ったことがあるのかしら？　いくら考えても全く思い出せないのよね。

けれど、魔力なしの私をどうして魔塔に売ることができたのか、ずっと疑問だったその理由はやっと分かった気がする。自分ではまだ半信半疑なのだけれど、私に特殊魔力があると思われたからこそ、ここに招かれたんだわ。

――と、私はすっかり納得しかけていたのだけど。

私がそう思い至ると同時に、突然セルヒ様が顔色を変えて慌て始めた。

「ハッ！　い、今の言い方だと、まるでルーツィア嬢の持つ特殊魔力だけが目当てで魔塔へ連れて来たかったという風に聞こえなかったか⁉　違うんだ！　たしかに魔塔に呼ぶことにしたのはそのような理由があったことももちろんだが、そもそもどうにか君の側にいられる方法はないかと考えて、たまたま運良くルーツィア嬢を魔塔に呼ぶことができる理由があったからその手段を取っただけであり、君の魔力を欲していたのではなく、俺が望んだのは君自身だから、どうか誤解しないでほしい……！」

「あっ、はい」

あまりの圧に、私は思わずこくこくと頷いた。

つまりどういうことなのかは正直よく分からないけれど……とにかく、魔力だけが目当てというわけではないらしい？

「あ、危ない……！　こういう小さな誤解が、のちのち大きなすれ違いを生む可能性が高いんだ……俺は知っているぞ……ああ、すぐに訂正することができて本当によかった……！」

セルヒ様は胸を撫で下ろして何やらぶつぶつ独り言を言っていたけれど、とにかく気を取り直して、私の潜在魔力を測ってみようということになった。

本当に、私に魔力があるのかな？　とても信じられないのだけど……。

そう思いながら、私は促されるままにオレンジ色を帯びた水晶に手を翳《かざ》す。

すると、水晶がぽう……と淡く白い光を放ち始めた。よく見ると、まるでちょっとした霧か煙のようなその白い光の中に、小さな金の粒子がキラキラと輝いて見える。

初めてのことだけれど、なぜだかすぐに分かった。これが、私の魔力なんだわ。

「わあ……私にも、本当に魔力があったんだ……」

その光があんまり綺麗で、思わず感嘆の声を漏らしてしまう。この、キラキラしていて綺麗なのが、私の魔力だなんて、すごく嬉しい！

それに、ずっとずっと、自分には魔力はないんだって思って生きてきた。自分は無能なんだって。落ちこぼれのダメ令嬢って陰口を叩かれても、その通りだから仕方ないって、そう思ってきた。

だけど、こんなに綺麗な魔力が自分の中にあったなんて。

私は嬉しくて、手を翳したまま側で見守ってくれているセルヒ様の方を見た。

すると、セルヒ様は感心した様子で私を、というか、私の魔力を見つめていた。

「これは……思っていた以上だな。こんなに綺麗な魔力はなかなかない」

その言葉を聞いて、私はますます嬉しくなる。

そっか。私の魔力、天才魔法使いとして有名なセルヒ様から見ても綺麗なんだ。うふふ、そっかあ。

はにかむ私を見て、セルヒ様はなぜか顔を背けてしまった。うっ、ひょっとして、さすがにニヤニヤしすぎちゃったかしら……！　気持ち悪い奴だって思われちゃったかも……。

けれど、セルヒ様から嫌悪の雰囲気は感じない気がする。

「な、なんだこの可愛さは……！　自分の魔力を見て喜ぶルーツィア嬢、やばい……この部屋の管理をしている奴も追い出しておいてよかった。こんなのみんな好きになってしまう……！」

うーん？　どうやら小さな声で何か言っているみたいだけど、顔を背けているせいであまり聞こえないわね。

「セルヒ様？」

困惑した私が声をかけると、セルヒ様は一度深呼吸をして、何事もなかったかのようにスッと元の体勢に戻った。

「すまない。定期的に発作が出るんだ」

「ええっ！　まさか、何かご病気にかかってるんですか？」

定期的に発作が起こるなんて、ひょっとしてかなり重病なんじゃ……？

そう思って思わず眉を寄せる。すると、セルヒ様はまたもや小さくうめいて顔をそむけてしまった。

「ぐっ、俺を心配するルーツィア嬢の破壊力……！」

「セルヒ様っ⁉」

大変！　苦しそうに胸を抑えているわ⁉　ど、どうしよう？

本当ならすぐにお医者様を呼んだ方が良いのかもしれないけれど、あいにくここは魔塔で、私ではどこに行って誰に伝えればいいのかが分からない。

そう思い、焦っていると、セルヒ様は少し俯いたような体勢のまま、手だけをこちらに向けた。

「だ、大丈夫だ。たしかに俺は病気だが、体調が悪いわけではないから」

「病気なのに、体調は悪くない……？」

ええっと？　それって一体どういうことだろう？

「ああ、だから心配しないでくれ。もちろんルーツィア嬢が俺を心配してくれるのは心から嬉しいけど。この病は普通の病とは全く別のもので、重くなれば重くなるほど俺を幸せにしてくれるものなんだ。発作はむしろご褒美」

「ほ、発作がご褒美⁉」

とても信じられない話だけれど、セルヒ様は本当に嬉しそうに頬を染めて微笑んでいる。それに、改めてよく見るとたしかに顔色も悪くなさそうだし、どうやら話してくれていることに嘘はないらしい。

　そんな病があるなんて、私には想像もつかないけれど、世の中にはまだまだ知らないことがあるみたいだわ。

「とにかく大丈夫だ。ただ、いつかこの病についてもルーツィア嬢に詳しく聞いてほしい。今はまださすがにちょっとだけ早いと思うから……」

「？　はい、よく分からないけど、分かりました」

　確かに、病というのは重大な個人情報だもの。出会ったばかりの私が詳しく聞くには早すぎるわよね。そのうち、もう少し私が信用に値すると認めてもらえた時に、改めて教えてもらえるのかもしれない。うんうん、発作が起こるような病なら、何かあったときに対処できるように、身近な人が情報を知っていることは大事よね。早く信用してもらえるように頑張らなくちゃ！

　そう納得しながら了承すると、セルヒ様はとても満足そうに頷いた。

　そして、話を戻そうとばかりに水晶から漂っている私の魔力に手を伸ばすと、とても楽しそうに目を細めた。

「俺はこっちの水晶による魔力鑑定が好きなんだ。魔力が可視化されて、すごく美しい。人によって魔力の色や質が全く違うのも面白いしな」

「たしかに、綺麗ですよね。どうして人によって魔力の色や質が違うんでしょうか？」

「オレンジ色の水晶の方は、特殊魔力を測定していると言ったよね？　さっきも説明したけれど、魔力回路に流れている普通の魔力とは違って、その人を形作る細胞や血、体そのものから生み出されるから、俺としては心や魂の色が魔力に反映されているんじゃないかと思っている。もちろん、詳しくは分かっていないが」

「なるほど……！　魔力って、魔法って、すごく楽しいですね！」

私の魔力は白。おまけにキラキラしていてちょっと嬉しい。それから……。

「グレイス様のは暖かいオレンジ色で……ノース様の魔法はまだ最初に迎えにきてくれた夜にしか見ていないけど、突然だったし暗かったし、魔力は見えなかったなあ。何色だろう？」

「ルーツィア嬢？」

「あ、セルヒ様のはすごく澄んだ綺麗な水色でしたね！　さっき、扉を開ける時にほんの少しだけ見えました！　えへへ」

他の魔法使い様たちの魔法も早く見てみたいなあ。どんな色の魔力があるんだろう？　同じような色の人もいるのかな？

全部全部新鮮で、すごくわくわくするわ！

すると、そんな風に少しはしゃいでいる私を見て、セルヒ様が呟いた。

「ルーツィア嬢……君はひょっとして、普段から魔力が見えているのか？」

私はセルヒ様に聞かれた内容に驚いて目を丸くしてしまった。

「普段から見えている人なんているんですか？」

「そうか、そうだよな……さすがにそんなわけがないか」

「はい。魔法を使う時にしか見えません」

「やっぱり見えているんだな……！」

ええっと？

首を傾げる私に、セルヒ様がいくつか質問を繰り返す。

「グレイスの魔力の色はいつ見たんだい？」

「昨日、一緒にお風呂に入った時に見ました！　ほわほわの暖かいオレンジ色ですね」

「一緒に風呂っ……！　羨ましい…………！」

「あの？」

「っ、ああ、すまない。俺の魔力はさっき、扉を開けるときに見たと言ったよね？」

「はい。扉を開けるために流したのはほんの少しの魔力だったですよね？　なので、ほんの少ししか見えませんでしたけど……もしかして、水色は間違ってましたか？」

「いや、俺の魔力はたしかに水色だったな。……ほら」

そう言って、セルヒ様はさっきまで私が触れていたオレンジ色を帯びた水晶に手をかざす。

すると、今度はセルヒ様の魔力が水晶からふわり、ふわりと漂い始めた。

やっぱり水色だわ。それも、一色ではなくてほんの少し薄かったり、反対に少しだけ濃かったり、いろんな水色が踊るように絡まり合っていてすごく幻想的に見える。さっき見た、ほんの少しだけではこれは分からなかった。綺麗……。

その後、少し考え込んだセルヒ様は、そのまま他のお部屋に案内してくださった。

どのお部屋にも一人から数人の魔法使い様がいて、何かを相談し合ったり、魔法を使って色々なことをしていたりする。

「あの魔法使いの魔力は何色に見える？」

「すごく神秘的な紫色ですね！　なんだかご本人もミステリアスに見えてきます」

「そうか。おっと、そこの段差に気をつけて。魔力を見るのに夢中になっても、俺がこうして支えているから大丈夫だけどね」

「あ、ありがとうございます……」

　確かに、魔力が綺麗で、夢中で見つめていたせいで、足元の段差には全然気がついていなかった。セルヒ様が抱き寄せてくださらなかったら、うっかり躓《つまず》いて恥ずかしい思いをしていたかも。こうして支えられるとなんだか距離が近くて少しそわそわしてしまうけれど、魔力の美しさに浮足立っていて、自分できちんと気をつける自信がないので、素直に甘えさせてもらうことにする。

「あ、あの女嫌いセルヒ様が女性を抱き寄せている……!?」

「冷酷魔法使い、あんな風に笑えるのか……！」

　んん、なんだろう？　なんだかお部屋にいる魔法使い様がざわざわしている……？　思わず声のした方に視線を向けると、目が合ってしまった。ぺこりと頭を下げると、魔法使い様は目を見開いたまま会釈を返してくれた。

　すると、魔法使い様たちの方を遮《さえぎ》るように、セルヒ様が私の顔を覗き込んでくる。

「ルーツィア嬢？　魔法使いは癖の強い者が多いからね、あまり微笑みかけていると、好きになられてしまうかもしれないから気をつけてね」

「えっ！　そんなまさか……」

リゼットのように美しくて可愛ければそういうこともあるかもしれないけれど、私なのに……。

「もしも俺の知らないところで無暗に声をかけるようなやつがいれば、すぐに相談してね？」

「は、はい」

そんなことはきっと起こらないのではないかしら？　と思ったものの、セルヒ様があまりに心配そうな顔でおっしゃるので、とにかく頷いておいた。

次の部屋でも、カラフルなたくさんの魔力がふわりふわりと漂っている。

「わあ、ここでは皆さんがたくさん魔法を使っているんですね。いろんな色があってすごく綺麗」

「ここは二人以上の魔法使いが、それぞれ魔法を合わせて一つの魔法にできないかを実験している部屋だね」

「なるほど……！」

そんなこと、考えつくだけですごいわ！　だから魔力と魔力がまるで重なるように見えるのか。すごく面白そう。

「あれって例の新人さん？」

「本当にセルヒさんがつきっきりで側にいるんだ……！」

「あの人嫌いが特別視しているって本当だったんだな」

……うーん、この部屋でも、なんだか視線を集めているような……。さっきもそうだったけれど、何やらひそひそと噂されている気がする。あまり嫌な感じはしないから、悪口ではないと思いたいけれど……。

　今まで、たくさん悪感情を向けられてきた。だから、自分を良く思っていないんじゃないかなっていう時には、なんとなく雰囲気で分かる。もちろん、そうじゃない時にも、ひょっとして悪いことを言われているんじゃないかって、そわそわしてしまうこともあるけれど……。

　だけど今は、私というより、セルヒ様が注目されているような……？

　チラリと隣にいるセルヒ様を見上げると、私の視線に気がついたセルヒ様が蕩けるような笑顔を見せてくれた。途端に部屋の中が一層ざわめく。

　な、何……？

　思わず部屋の方を見渡す私に、セルヒ様は「そろそろ行こう」と優しく声をかけてくれた。

　そうして、他にも何部屋か少しだけ見学しては、なんとなく視線を感じながら部屋を後にする……というのを繰り返しながら、セルヒ様はいくつか私に質問した。

「ルーツィア嬢が魔力に色があることに気がついたのはいつなんだい？」

「ええと、リゼットが治癒魔法を使う姿を初めて見た時です。というより、私は魔法教育を受けていないので、他に魔法を見る機会がほとんどなかったのもあるのですが……」

　リゼットの魔法を見たのはリーステラの屋敷でのこと。屋敷の庭で魔法の授業を受けているリゼットのことを、屋敷の中からこっそりのぞいていたことがあるのよね。あの時はちょうど治癒魔法を使っていて、家庭教師の先生が小さく腕に傷をつけて、それをリゼットが治癒していた。

少し距離があったけれど、ふわりと淡い銀色の光が腕を包み、傷を癒しているのがよく見えた。

リゼットの魔力は透けるような銀色。聖なる魔法にぴったりな色だと思う。

「そうなんだね。意識していなくても魔法が見えるの？」

「確かめてみたことはありませんが……少なくとも意識して魔法を見ようとしたことはないので、見えると思います？」

「そうか。ひょっとしたらごくごく弱い魔法は見え方が違うとかもあるかもしれないね」

一体何を聞かれているんだろう？　ひょっとして、魔力ナシとされていた私とセルヒ様たちのような魔法使い様たちでは、魔法の見え方が違うかもしれないと考えているのかしら？

そう思いながら他にもいくつか質問に答えていくと、やがてセルヒ様は何かに納得したようにうんうんと頷いた。

「やっぱり、ルーツィア嬢は特別な目を持っているんだね」

「特別な目、ですか？」

思わずセルヒ様の方を見ると、そのすごく澄んだ水色の瞳に呆《ほう》けた顔の自分が映っていた。

ああ、そういえば、セルヒ様の魔力は瞳の色によく似ているなあ、なんて思いながら。

「ルーツィア嬢は気づいていないみたいだけど。普通はね、魔力の色や質は目には見えないんだよ」

「え……だけど、セルヒ様も魔力の色のお話をされてました……」

「水晶による魔力鑑定では、誰もが見えるように魔力が可視化されるんだけど、それは普段から見えるものではないんだ」

　ふと、水晶に触れた時のセルヒ様の言葉が蘇る。

『俺はこっちの水晶による魔力鑑定が好きなんだ。魔力が可視化されて、すごく美しい。人によって魔力の色や質が全く違うのも面白いしな』

　た、たしかに、よく考えれば魔力が可視化されるのが美しいから、水晶による魔力鑑定が好きって言っているようなセリフにもとれるわ……！　それってつまり、普段は見えないものが見えるから、とも理解できる。

　つまり、本当に、他の人には普通の時に、魔力は目に見えてはいないの……？

　え、でも、それってつまりどういうことだろう。どんな風に受け止めればいいんだろう。

　セルヒ様は、私の目は『特別』だとおっしゃったわよね。

　だけど、私は知っている。『特別』には二種類あることを。いい特別と悪い特別の二種類だ。

　思い出したいわけじゃあないのに、頭の中に、何度も何度も何度も聞いた言葉が再生される。

『ああ！　私たちのリゼットは本当に可愛いわ。あなたは特別な存在よ』

　両親がリゼットによくそう言っていたのを覚えている。もちろん、これはいい特別だ。

『ルーツィアったら、あなたは本当に特別な人よね。だって、普通は自分からお父様やお母様に嫌われるような真似、できないもの』

　そして、これは、愛されない私を嘆いて使われる、悪い特別……。

　リゼットは度々私を『特別』だと表現した。自分とは違う、理解できないという気持ちを伝えるときに。

リゼットがどんなつもりで言っていたのかはわからない。だけど、私は言われるたびに心臓がギュッと掴まれるような、喉の奥を引き絞られるような、そんな居心地の悪さを感じていた。

……セルヒ様が言った『特別』はどっちだろう。

私に向けた特別だもの。やっぱり、悪い意味かもしれない。

天才魔法使いと名高いセルヒ様が特別だと言うなんて、異質で悍《おぞ》ましいという意味かもしれない。

ああ、軽々しく、魔力が綺麗だなんて言わなければよかった。魔塔にきてから辛い気持ちになるようなことがなかったから、気をつけるのを忘れていたわ。私は、油断すると、すぐに人を不快にさせてしまうから、リーステラにいた時には聞かれたことに最低限の言葉で答える以外、口を開かないようにしていたのに。

ギュッと目を瞑る。優しいセルヒ様も、私を嫌いになるかもしれない。そう、覚悟——して、いたのだけど。

聞こえてきたのは、はしゃぐようなセルヒ様の声だった。

「すごい！　ルーツィア嬢、君はすごいよ！　普段から魔力が見えるなんて、そんな人は今まで出会ったことがない。もちろん、君に特別な能力がなくとも、俺にとって君が特別で尊い存在であることは変わらないけれど、それにしたってすごい！　もっと君の話を聞かせてくれるか？　ルーツィア嬢の、その特別な目に見えている世界のことが知りたい！」

……え。

すごい勢いで捲《まく》し立てたセルヒ様の瞳は、キラキラと輝いて私を見つめている。

こ、これは、ひょっとしてひょっとすると、褒められているのではないかしら……？

「……セルヒ様がおっしゃった特別な目って、良い意味ですか？」

「？　むしろ、悪い意味の可能性があるのか？」

私の問いかけに、不思議そうに首を傾げるセルヒ様。それは心の底からそう思っていると分かる言い方で。

……えー、そっか、そっかあ。私、褒められてるんだ。正直、特別な目なんて言われてもピンとはこないし、私は何かをしたわけじゃあないのですごいのかどうかもよく分からないけど。

だけど、褒められた。

「……えへへ。私の目、特別なんですね」

「ウッ⁉　か、かわ……‼」

褒められるって、こんなに嬉しいことなんだあ。うふ、うふふ！

いつも、リゼットが褒められる姿は見ていたけれど、私自身が褒められることなんてなかった。

お兄様は、心の中でどう思っていたにせよ私に優しくしてくれていたと思うけれど、慰めてくれることはあっても、褒められることはなかったし。それは、私が褒めてもらえるようなことを何一つすることができなかったせいでもあるのだけど。

ニコニコと嬉しさのままに顔が笑ってしまうのを抑えきれずに、そのままセルヒ様を見上げる。

すると、セルヒ様はなぜか片手で顔を半分覆っていた。

「……ルーツィア嬢、君は、本当に可愛い人だな」

顔を隠したまま、目だけでじっとこちらを見てつぶやかれた言葉に、思わず肩が跳ねる。

そういえば、セルヒ様は何度か私のことを可愛いと言ってくださっているよね……？

馴染みがなさすぎて、そして信じられなくて、恥ずかしくは思ってもなんだかあまり理解できていなかったけれど、これも……『可愛い』も、褒め言葉だよね？

「セルヒ様は、とっても褒め上手ですね」

嬉しくて、じんわりと顔が熱を帯びていく。

褒められると、嬉しい。私は今日、とても大切なことを知った。

とはいえ、嬉しさと恥ずかしさがないまぜになって、とてもじゃないけど顔を上げていられない。きっと今、私の顔は真っ赤になっているのじゃあないかしら？

そう思って視線を地面にさまよわせて俯いたままでいると、突然両方の肩をガシッと掴まれた。

「わっ!?　え……セルヒ様？」

「ル、ルーツィア嬢……！」

思わず顔を上げて目が合ったセルヒ様の顔は、どこかボーッと熱に浮かされているかのようで。

さっき、私は自分の顔が赤くなっているのじゃないかと心配したところだったけれど、そんな心配が吹き飛ぶほど、セルヒ様の顔は赤くなっている。

不思議に思ってその様子を見ていたのだけど、突然その理由に思い当ってハッとした。

セルヒ様、まさか、病のせいで熱があるのでは？

ついさっき発作が起きたばかりだし、ありえるわ！　というかきっと、そうに違いない！　だって明らかに様子がおかしいもの！

よく見ると、引き結んだ唇の端はほんの少し震えているし、寒気も感じているのかも。急に私の肩に触れたのだって、ひょっとするとふらついて倒れそうになってしまったのでは……？

ああ、私ってば、褒められて喜んでいる場合じゃなかった。こうしちゃいられないわ！

「セルヒ様、もっと私にくっついてください！」

「えっ⁉」

体が辛いだろうから、私にもたれてもらった方が楽なんじゃないかと思ってそう言ったのだけれど、セルヒ様は驚きの声を上げてうろたえた。

ああ、きっと私ではセルヒ様を支えきれないと思って、頼るに頼れないんだ。

非力な自分が情けない……でも、抱きかかえるようにしてお支えすれば、横になれる場所までは連れて行ってあげられるはず！

「大丈夫です、セルヒ様。どんとこいです！」

「意外な積極性……‼　こ、これは夢か？」

セルヒ様は口元を覆って、何やらぶつぶつと呟いている。けれど、私の耳はしっかりと「夢か？」とこぼす声を拾っていた。

大変！　ついに夢と現実が分からないくらい意識がもうろうとし始めているのかもしれない。

心配が最高潮に達した瞬間、セルヒ様は私の方に手を伸ばした。やっと私を信用してくれたのか、もしくは私を頼るのが不安だなんて、そんなことを言っていられない程に体が辛くなってきたのかもしれない。

　絶対に支えてみせる！　と意気込んだ私だったけれど、その意気込みをみせる事態にはならなかった。「わおーん！　わうわうっ！」と、吠えたてる声が聞こえ、セルヒ様の動きがピタリと止まったからだ。

　えっ、と思った次の瞬間、セルヒ様を受け止めるべく広げていた私の腕の中には、セルヒ様ではなく、部屋でお留守番をしているはずの魔獣さんが飛び込んでいた。あまりの勢いに支えきれず、ころんと押し倒されてしまう。

「ルーツィアッ！」

「あれっ!?　魔獣さん、どうしてここに？」

「きゅうん！　きゃうーん！」

　魔獣さんは甘えた声を出しながらブンブンと尻尾を振り、私に抱き着くようにして頭をぐりぐりとこすりつけてくる。か、可愛い……！

　森の中で、こんなに可愛い魔獣さんに食べられると勘違いしたことが信じられないほどに、魔獣さんは私に懐いてくれているらしい。

　おまけに魔獣さんの大きな体にのしかかられているような状態なのに、全く重くない。多分これって魔獣さんが私に負担をかけないようにしてくれてるんだよね？　なんて賢くて優しいんだろう……！

「ああっ、だけど今はあなたと遊んであげられないの」

「くう～ん？」

「あのね、セルヒ様がとっても体調が悪くて、立っているのもやっとみたいだから、これからゆっくり休めるところまでお連れしてあげたいと思っているの」

私はセルヒ様に聞こえないように、ひそひそと小さな声で魔獣さんに遊べない理由を説明する。

「わう！」

魔獣さんは分かっているのかいないのか、元気にひと鳴きするとセルヒ様に向き直り……

「グルルルッ‼」

なんと歯をむき出しにして威嚇しはじめてしまった！

「わわ！　魔獣さん、ダメだよ！」

大慌てで止めると、魔獣さんは小首を傾げて振り返る。うーん、やっぱり私の言っている意味が通じていないのかも……。

「ル、ルーツィア嬢？」

「あっ！　セルヒ様、ごめんなさい、体調が悪いのに！　早く休みたいですよね……！」

私が魔獣さんをなだめているうちに、セルヒ様はピシリと固まってしまった。

「な、なるほど……ルーツィア嬢は、俺が体調不良だと思ってあんなことを……そうだよな、そんな都合のいいことはそうそうないよな。ああ、良かった、危うく調子に乗って思い切り抱きしめてしまうところだった……！」

「魔獣さん、あとでたくさん遊ぼうね。さあ、セルヒ様、今度こそばっちりお支えするので、どんとこいです！」

　気を取り直してセルヒ様に向き直った私だったけれど、セルヒ様はなぜか儚《はかな》げに微笑んで何度も頷いている。

「ルーツィア嬢、俺は全く体調不良などではないから、心配はいらないよ」

「え？　でも……」

「本当だ。むしろとても元気だから、気にしないで」

「そ、そうですか？」

　うーん、確かに、顔の赤みは引いているし、震えも止まっているみたい。足元もふらついてはいないようだし……。さっきはあんなに具合が悪そうに見えたのに、私の勘違いだったのかしら？

　だけど、本当にどこも悪くないのなら良かった。私はそう思い、ホッとする。

「俺の勘違いだったことは残念だが、俺に聞こえないように小声で魔獣に言い聞かせるルーツィア嬢のとんでもない可愛さを見られたから良しとしよう……正直全部聞こえてたけど……そんなちょっと迂闊《うかつ》なところもすごく可愛い……体調は悪くないが、可愛さの暴力にやられて倒れそうではあるな……」

「セルヒ様？」

「いや、大丈夫だ」

「ガルルル……！」

「わ、魔獣さん……！　どうしてセルヒ様を威嚇するの……!?」

「この魔獣、まさか俺がルーツィア嬢に近づき過ぎないように牽制しているのか……？」

「え？　セルヒ様、ごめんなさい、よく聞こえなくて……あ、ま、魔獣さーん！」

なぜか魔獣さんは私に甘えた声を出しながら、セルヒ様に向かって威嚇し続けている。すごく器用だわ!?

とはいえ、不思議とセルヒ様と私の間にいればあまり威嚇しないことが分かったため、その後は結局、魔獣さんも一緒に魔塔の中の見学を続けることになった。

あれ？　そういえば、最初に魔獣さんがいた部屋から私たちのところへ来るには、あの魔力を流して開く扉を通らなくちゃいけなかったはずなのに、魔獣さんはどうやってここまで来たんだろう？

魔獣であるからには、魔力を持っていること自体はおかしくないけれど、その魔力を扉の動力部に流したってことだよね？

……ひょっとして、この魔獣さんはものすごく賢い子なのでは……？

そう思い、魔獣さんの方をちらりとうかがってみると、ちょうど目が合った。

暗い森の中であんなにも怖かったはずの瞳はウルウルのきゅるきゅるで、私を上目遣いに見つめている。やっぱり可愛い！

……魔塔のことも、魔獣さんのことも、分からないことや知らないことばかり。だけど、急ぐ必要はないよね。無能な私が焦ったって、それでどうにかなるわけでもないんだし。自分に魔力があることさえ、今日初めて知ったくらいなんだもの。

これから少しずつ、勉強していけたらいいな。

私はそんな風に思いながら、魔塔の中を歩いていたのだった。

第三章　魔塔の魔法使い様は褒め上手です

翌日から、私は予定通り、魔塔のいろんな魔法使い様のお手伝いをして回ることになった。まあ、お手伝いと言っても実質は見学で、ただちょっと試しに私にも何か関わらせてもらったりとか、感想を言わせてもらったりとか、その程度になるだろうって、セルヒ様は言っていたけれど。

ちなみに、私の目に普段から魔力が見えるのは、私に普通の魔力がないことと関係があるのではないか、とセルヒ様は仰《おつしや》っていた。

魔力が特に高い人は普通の魔力と特殊魔力を併せ持っていることが多いけれど、普通の魔力を一切持たずに特殊魔力のみを保有する人は、実はほとんど存在しないらしい。

魔力を全く持たない人は、平民にちらほらといるけれど、貴族にはほとんどいない。貴族は魔力の有無を重要視していて、魔力のない平民の血を入れることを嫌がるから、結果的に魔力の高いもの同士の婚姻が続いていき、高位貴族であればあるほど、魔力が高いのが普通であるからだ。

だから、魔力なしだと判定された私は、家族から興味を失われてしまっただけではなくて、例えば他の貴族や使用人からも蔑《さげす》まれることになったのよね。

別に、直接暴力を受けていたとか、そういうことはなかった。けれど、明らかに侮蔑《ぶべつ》のこもった視線、時折ヒソヒソと聞こえる陰口はいつだってついて回った。食事も洗濯も、言えばきちんと準備してもらえるしやってもらえるけれど、反対に言えば、言わなければ忘れられてしまう。

そのうち、お願いしてやってもらうということがだんだん辛くなってきて、こっそり自分で済ませてしまうことが多くなったのよね。

もしかすると落ちこぼれでダメな私でも、リゼットのように愛嬌や明るさがあれば、いつか壁のある家族や使用人の心もほぐして、仲良くなることができたのかもしれないとは思う。

だけど、私にはできなかった。

「セルヒさんには聞いています。僕はディカルド。今日はよろしくね」

「はい、よろしくお願いします！」

ここは昨日、『二人以上の魔法使いが、それぞれ魔法を合わせて一つの魔法にできないかを実験している』とセルヒ様が教えてくれたお部屋だ。

今日はここで魔法の見学をさせてもらうことになった。

私はさっき、ここまで私を送ってくれたセルヒ様やノース様との、朝一番のやりとりを思い出す——。

「本当は俺がずっと側についていたいんだけど、どうしてもどうしても仕事で魔塔を空けなくちゃいけなくて……ウッ、やっぱり仕事行きたくないな……なあノース、王城壊しちゃだめか？　そしたら今日の仕事はなくなるだろ？」

「!?」

「何バカ言ってんの～いいわけないじゃーん」

そして、呆れた様子のノース様が近寄ってきて、セルヒ様の暴論に驚いている私に耳打ちした。

「ね、こう言ってみて…………って」

「ええっ、…………ですか?」

「騙されたと思って、さー言ってみよー」

「おい! ノース、ルーツィア嬢に近すぎるぞ! 何を吹き込んで――」

「セ、セルヒ様っ、私、お仕事頑張る強くて素敵な魔法使い様が好きです……!」

「!?」

　言われた通り言ってみるものの、こんなバレバレの流れで分かりやすい言葉を言ったくらいで、セルヒ様のやる気が出るのかしら? と訝《いぶか》しく思ったものの……。

「俺は仕事を頑張る強くて素敵な魔法使いだからな。ルーツィア嬢に好きな感じだと思われたいから気合を入れて仕事に行ってくる」

　セルヒ様はきりりと凛々《りり》しい表情になると、そんな耳を疑うようなおかしな台詞《せりふ》をさらりと言ったのだった。

「うひゃひゃ! そうくるんだ? 普通さ～そういう時、『全然そんなつもりない感』出すもんじゃない? 『そんな風に思われたいわけじゃないけど、困っている人を助けなくてはいけないから仕事に行ってくる』的なさあ」

「バカか。そういうバレバレな態度が可愛く思われる作品ももちろんあるが、最近ではそういう裏腹な言葉がそのままの意味でとられ、好意が伝わりにくくなるという残念な作品も増えていることを知らないのか? そんなリスクは冒せない! それに、好意を悟られるのが恥ずかしいなどという愚かな理由でわざとツンツンと邪険に振る舞うヒーローも多く見受けられるが、下手《へた》をすれば相手を傷つけかねないだろうが。そもそも愛を乞いたいと望んでいる立場で好意を知られるのが恥ずかしいなどと、随分余裕があるものだと常々俺は思っていた。あれはハッピーエンドが約束された物語の中だからこそ許されるスリルだ」

「アッ、そう……」

「駆け引き反対、俺は命を懸けているので、万が一にも失敗しないよう、リスクゼロを選び取る」

「そうだね、失敗したら死ぬってことだもんね。もうお前、さっさと仕事行きな」

——本当に、目が回りそうなやり取りだったわよね……。何をどこまでどう思えばいいのかが分からなくて、とりあえず深く考えないようにはしているのだけれど。ノース様も、私の様子に何かを察したみたいで、「すぐに色々順応する必要はないと思うよ～！　まずはここでの生活に慣れることに専念すればいいんじゃない？」と言ってくれていたので、お言葉に甘えようと思っているのだ。

魔法の実験のお手伝いのために、指示されたとおりに物の配置を整えたりしたあと、何かあった時にすぐに対応できるよう、魔法消しの効果を与えられた魔道具を持たされる。

二人以上の魔法使いが、それぞれの魔法を合わせて一つの魔法にするという実験はなかなかに難しいらしい。もちろん、すでにそういった複合魔法は存在しているけれど、特定の魔法使いが、特定の相手と、特定の魔法を使う場合のみでしか成功していないのだとか。だけどここではどんな魔法使いも使えるように、そしてもっといろんな複合魔法を使えるように、成功する魔法の合わせ方や、その法則を探しているらしい。

そのため、何が起こってもおかしくないということで、万全の体制を整えて行うようだ。今のところ事故のようなことが起こったことはないようだけれど。

魔道具は小さな杖のような形状の簡易的なもので、女性の魔法使い様が使い方を教えてくれた。私と同じくらいの年なんじゃないかしら？　それなのに、もう魔塔で働いているなんてすごい！彼女はクールな雰囲気で、ともすれば冷たく感じるような態度だったけれど、教え方は丁寧で分かりやすいし、すごく優しくて親切な人だわとほっこりしながら、実験開始に備える。

自己紹介をする時間がなかったので、お名前は後で聞こう。

魔法を発動するのは、ここで一番上位の魔法使い様だというディカルド様と、もう一人は女性魔法使いのエリナ様という方だ。私はワクワクしながらそれを見つめていた。

昨日、このお部屋を覗いたときにも、魔力がたくさん漂っていてすごく綺麗だった。二つの魔法が合わさると、きっともっと綺麗に見えるんじゃないのかしら。

ディカルド様とエリナ様がゆっくりと魔力を放出させ始めると、それぞれの魔力が魔法を形どり、少しずつ展開されていく。

ゆっくり発動されると、魔力の動きがすごくよく見えて、ますます面白い。

そう思って、瞬《まばた》きも忘れるほどじっと見つめていたのだけれど。

……あれ？

なんだか妙な違和感を覚える。

なんだろう、なんか、こう、言葉にはしづらいのだけど……。

ディカルド様とエリナ様の魔法は、綺麗に合わさることなく、ディカルド様の魔力にエリナ様の魔力が飲み込まれるようにしてパッと消えた。

「ああ～やっぱり駄目か。僕とエリナは魔力量が近い上に魔法の使い方も似ているから、一番上手くいきやすいと思うんだけどなあ」

ガシガシと頭をかきながらぼやくディカルド様。

その後、二人はもう一度同じことを試してみたものの、やっぱり魔法は綺麗に混ざり合うことなくすぐに消えてしまった。

「やってる感覚としては、どうかすれば上手くいきそうに思えるのだけどなあ」

うーんと首を傾げるディカルド様の側に、魔法使い様たちが集まっていく。どうやらこれから、改善点や気になる点などについて皆さんで話し合うらしい。

輪のようにディカルド様を囲む魔法使い様たちの少し後ろに、私もこっそり混ざってみる。

ディカルド様は火魔法、エリナ様は水魔法を得意とされているから、そもそも属性の相性が悪いのではないか、他の魔法を使ってみてはどうか。

やはり、少しも違わずぴったり同じ魔力量でないといけないのではないか。

今まで複合魔法を得意としていたのは双子の魔法使い様らしく、そもそもそれくらい血や魔力回路が似通った相手でなくては不可能なのではないか。

そんな風に、色々な意見が交わされていくのを、そっと見つめるだけの私。

これまでもこうやって失敗を繰り返しては相談を重ね、ディカルド様を中心に、エリナ様以外の魔法使い様と試してみたり、属性を変えてみたり、色々と試行錯誤は繰り返しているらしい。

だけど……。

うーん、そういうものなのかしら？

もっと簡単に考えてはダメなのかしら。だけど、そう思うのは、私が魔法について何も知らないからなのかもしれないわよね。

魔塔の魔法使い様は、魔力量が多かったり、稀有な魔法を使えたり、普通の魔法使いとは一線を画す存在だ。王宮魔法士団の魔法使い様だって、そういう場所に所属していない普通の魔法使い様だってとってもすごいのに、そんな人たちの中でも飛び抜けてすごい存在なわけなのよね。だから、そんないわば魔法の専門家たちに、素人《しろうと》の私が何かを言うなんておこがましくてとてもじゃないけれどできるわけがない。

そう思って、私はじっと黙って魔法使い様たちのお話を聞いていたのだけれど。

「ルーツィアさん？　君は、何か気がついたことはないですか？」

ディカルド様の言葉とともに、魔法使い様たちの目が一斉に私に向く。別に責められているわけでもないのに、突然たくさんの視線にさらされてぶわりと冷や汗が出てきてしまった。

私、今まではどちらかというとあまり存在を認識されていないのではないかと感じることが多かったから、初めて気がついたけれど、注目されるのってすごく緊張しちゃうのね……！

「え、えっと……特に、ありません……」

　声が詰まりそうになりながらもなんとかそう絞り出したのに、ディカルド様はさらに私を見たままで。この場の中心人物であるディカルド様が私を見ているから、他の魔法使い様たちも当然私に視線を向けたままになるわけで。

「なんでもいいんですよ。気づいたことがないなら、ただの感想でも構いません。僕たちの考えは行き詰まってしまっているから、第三者のなんでもない一言がヒントになることもあるので」

　どんどん緊張していく私に気がついているのかいないのか、にこりと微笑むディカルド様。ひょっとすると、セルヒ様に少しでも私を参加させてほしいとお願いされているのかもしれない。それなら、本当にただの感想でもなんでもいいから、何か言った方が良いのじゃあないかしら。だから、すごいとか、勉強になりますとか、そういうことを言おうと思ったのだけど。

「ディ、ディカルド様は、黒だから……新しい色には、なりにくいのじゃないかなって」

　私の口から焦って出てきたのは、言おう思っていた感想とは全然別の言葉だった。

　し、しまった！　焦りすぎて、思わず言ってしまったわ……！

　生意気なことを言って！　と睨まれてしまうかもしれない。そう思って、顔があげられなくなる。

　だけど、ディカルド様はそんな私の気持ちをよそに、いつの間にか私のすぐ側まで近寄ってきていた。

「黒？　どういうこと？　もう少し詳しく聞かせてくれる？」

「うう……」

すると、怯む私と詰め寄るディカルド様に向かって、他の魔法使い様の声がかかる。

「ディカルド様！　なにもそんな魔法のことを全く知らない人にまでそうやって意見を求めなくてもいいではないですか」

パッと思わず顔を上げると、ディカルド様を止めてくれているのは、私に魔道具の使い方を教えてくださった女性魔法使い様だった。

あああ、やっぱりこの方、とってもとっても親切だわ！　うう、私のことを助けてくれるなんて……好き……。

けれど、ディカルド様はそんな制止など全くお構いなしだった。

「でもすごく気になるから、もう聞かずにはいられないや。ねえ、絶対に馬鹿にしたり怒ったりもしないから、思ったことをそのまま教えてくれない？」

思わず見てしまったディカルド様の目はキラキラと輝いている。興味深々といったその様子に、物腰が柔らかくて穏やかな印象だったディカルド様も、やっぱり魔塔の魔法使い様なんだわと、なんだかそんな当たり前のことを考えてしまった。

これは、言わないままではとてもじゃないけれど終われそうにない。

もうこの際、分かり切ったことだったとしても別にいいわよね。だって、さっき親切な魔法使い様が言ってくれたように、魔法に対しては全く何も知らない素人なんだもの。

そう思った私は、しどろもどろになりながらも、なんとか自分の思ったことを伝えることにする。

「えっと、ディカルド様の魔力は黒だから、他の色と混ぜても新しい色にはなりにくいんじゃないのかなって、思っただけです……うーんと、絵の具だって、他の色に黒を混ぜても、その色の明るさが変わるだけで、別の色にはならないじゃないですか？」

ディカルド様の魔力は黒くて、エリナ様の魔力は藍色だから、一度目はエリナ様の魔法がディカルド様の魔法の黒に完全に飲み込まれて、二度目はほんの少し藍色がかった黒になっただけだった。

多分、ディカルド様たちがやろうとしているのは、例えば青と赤で紫にしたり、黄色と青で緑にしたり、そういうことじゃないのかなって思ったのだ。

もちろん、絵の具の黒だって合わせる他の絵の具との量のバランス次第で色は変わるけれど、複合魔法を作るという目的を考えると同じくらいの強さの魔法を合わせたいはず。それならディカルド様の魔法は特別に難しいんじゃないのかしら。……そう、思ったのだけど……。

ディカルド様はポカンとした顔で、ただただ私を見つめていた。

……どうしよう、ひょっとして、全然的外れなことを言ってしまったのかもしれない。

あれ、違う？　ポカンとしているだけかと思ったけれど、よくよく見ると微かに口が動いている？

不思議に思って耳に意識を集中させてみると、ディカルド様はぶつぶつと何かを呟いているみたいだった。

「――そうか、僕は黒だから、僕が相手では混合魔法はよほどではない限り難しいのか。一番魔力が安定しているから、僕以外の組み合わせはほとんど試していなかった。他の色でも、あまりに量が違えば飲み込まれるばかりで色は変わらない、ということか？　なんてことだ。こんな単純な……」

　ぶつぶつと呟いていたディカルド様は、パッと顔を上げると、おもむろに私の両手を握った。

「えっ⁉」

　思わず驚いて声を上げてしまったけれど、そんなことはお構いなしのようで、その目はキラキラと輝いている。

「ルーツィアさん！　素晴らしい着眼点だった！　確かに水晶での魔力鑑定で見た僕の魔力は黒だった。というか、特殊魔力があると分かったところまでは喜んでくれていた両親が、魔力の色が黒であることで、僕は何か将来良くない存在になってしまうのではないかと突然怯えはじめ、結果僕は魔塔に来ることになったんだった」

　ニコニコと満面の笑みで話すディカルド様。だけど、ええっと、話している内容はなかなか不穏な気がするのだけれど……。内容的にも、この場の状況的にも、詳しく聞くことは憚《はばか》られて、とりあえず聞いていますよと示すためにこくこくと頷いて見せる。

　すると、ディカルド様は満足そうに笑みを深め、そのままじっと私を見つめた。

「セルヒさんには少し聞いていたんですよ。ルーツィアさんは『特別な目』を持っているって。君は魔力の色が見えるんですね？　色、というのは確かに言われてみれば単純な話だけれど、僕たちは通常魔力の色が見えていないために、そこに思い至ることがなかった。見えている君だからこそ、ごく当たり前に、簡単な答えとして思い浮かんだことだと思います」

　そこまで一気に話すと、ディカルド様はすぐに他の魔法使い様たちの方に振り向いて、指示を出し始める。

「魔力が赤の者と、青の者は手を上げてください。まずは比率などはおいておいて、一番分かりやすい色で試してみよう。魔力の色が魔法を合わせることにどれくらいの影響を与えているのかどうか」

　私はその様子を呆然とみていた。

　……ひょっとしてひょっとすると、私、ほんのちょっとくらいは役に立てたのかな？

　そんな期待がじわじわと湧いてくる。

すぐに実験が始まる。今度は年齢の違う二人の女魔法使い様が魔法を展開し始める。さっきディカルド様が指示していた通り、一人は鮮やかな赤の魔力で、一人は空のような青の魔力だった。エリナ様も交代されたのは、あの方の魔力は藍色で、少し色が濃いからなのかしら？二人の魔法使い様の魔力と魔力が合わさり、ふわりふわりと漂う魔法の端から、ほんのりと紫色に変わっていく。

　わあ、本当に絵の具が混ざるみたいに色が変わるのね！　すごい！

　ただ、見ていてわかったけれど、どうやら魔法を使っている二人は魔力量が随分違うみたいだわ。その証拠に、混ざり合いかけた魔法は不安定に揺れて、そのまま消えてしまった。

　けれど、それで十分だった。だって、色も効果もほんの少しの結果しかもたらさなかったけれど、それでもはっきりとわかるほどには、紫色の魔力は二人が発現した魔法とは全く違う魔法効果を表していたのだから。

　赤い魔力の魔法使い様は炎を、青い魔力の魔法使い様は水の魔法を展開したようだった。どちらも多分基本的な初歩魔法。きっと、シンプルな方が分かりやすいからそうしたんだと思う。

だけれど、紫色に混ざった魔力は、その二つの魔法効果が混じり合うようにして、最後には霧魔法へと姿を変えていたのが見えた。

　呆けたように霧魔法が消えていくのを見届けていたディカルド様は、ハッと我に返ると、感激した様子でもう一度私の手を握った。

「ああ、本当に君は素晴らしい！　今日君がここに来てくれて本当によかった、ありがとう、ルーツィアさん！」

　私は何も答えることができなかった。だって、そんな風に言ってもらえたこと、今まで一度だってなかったから。どう答えればよいのかが全く分からなかったのだ。

ただ、とにかく嬉しい気持ちが湧き上がって、その後はずっとふわふわした心地だった。

　やっぱり複合魔法は難しいらしく、魔力の色が影響を与えることが分かっても、すぐに成果が出るとはいかないらしい。

　その後もしばらくいろんな組み合わせややり方で何度も実験を重ねて、今日はそろそろ終わりにしようか、という頃に、セルヒ様が私を迎えにきてくださった。

「ルーツィア嬢！　ああ、もっと早くきたかったのだけど、忌々しい仕事がなかなか終わらなくて……遅くなってすまない」

「セルヒ様」

全く遅くはない気がしますよ、と思ったものの、口には出さないでおく。というよりも、なんだか胸がいっぱいで、なかなか言葉が出てこない。

「ルーツィア嬢？」

心配そうに私の顔を覗き込んでくるセルヒ様。私は伝えたくて、言葉にできなくて、いっぱいの気持ちをなんとか一言だけ絞り出した。

「セルヒ様、私、褒めてもらえました……！」

ディカルド様は、私のことを素晴らしいって言ってくれた。今日、私がここに来たことを、来てくれて良かったって、言ってくれた。

存在していることをただ許してもらえるだけでも嬉しくてなんだかむずむずするのに、その上、私がいることを喜んでもらえるなんて、そんな素晴らしいことがあってもいいのだろうか？

「そうか、それは良かった！　まあ、俺は君が素晴らしいことはとっくに知っているから、君が褒められるのも当然のことだとは思っているけどね。だけど、君が嬉しそうでとても嬉しい」

セルヒ様はきっとなんのことやらわけがわからないはずなのに、私の言葉を聞くと、本当に嬉しそうに顔を綻《ほころ》ばせて、一緒に喜んでくれた。

そして、私の向こうに視線をやり、どこか得意げな顔をする。どうやら私たちが話しているのに気づいて、ディカルド様がすぐ側まで近づいてきていたらしい。

「ははは、ディカルド、お前は幸運だな。ルーツィア嬢の素晴らしさをこんなに早く気づくことができるなんて」

……ちょ、ちょっとそれは言い過ぎでは？

他の魔法使い様たちに聞こえていたら、さすがに過大評価すぎて恥ずかしい気がする！　と思い、控えめに周囲の様子を窺ってみる。

すると、やっぱり魔法使い様たちはセルヒ様に対して、驚愕の目をむけていた。

う、うわわ、やっぱり、他の人もさすがに言い過ぎでは？　って、呆れているのじゃないかしら!?

もちろん嬉しいのだけど、それ以上にとんでもなく恥ずかしい！

だけど、そんな私をよそに、ディカルド様が今日あったことをセルヒ様に伝えながら、私のことを褒めちぎってくれた。

それを聞いていると、なんだかすごく心の中がぽかぽかしてくる。

……えへへ、えへへへ。褒められるのは、やっぱり嬉しい。ちょっと恥ずかしいけど……。

私がもじもじしている間にも、セルヒ様とディカルド様は何やら仲良く話し込んでいる。

「……おい、ルーツィア嬢が素晴らしいのは完全に同意だが、お前、間違ってもルーツィア嬢に妙な感情を抱くんじゃないぞ……」

「ひっ！　セルヒさん、見たこともない顔でデレデレすごい喋ると思ったら、急にそんな人殺せそうな目で見ないでくださいよ……落差で恐ろしさが増して心臓痛い……」

「ルーツィア嬢が喜んでいることは感謝するが、万が一手を出すようなことがあればその心臓は二度と痛みを感じることもできなくなるから……」

「いや待って恐ろしすぎるんですけど!?　セルヒさん、さっきから薄々気づいてましたが、ルーツィアさんの前でどうにも様子がおかしいって本当だったんですね？　噂になってますよ……。ちなみに僕は心臓がとっても大事なんで安心してください……」

ううん？　なんだか、心臓がどうとか聞こえたような？

「ディカルド様、ひょっとして心臓が悪いんですか？　大丈夫ですか？」

すると、ディカルド様は少し顔をひきつらせながらも、大丈夫だと手を上げてみせた。

「あはは、大丈夫ですよ……ルーツィアさん、君こそお体には気をつけてくださいね。風邪などひかないように。セルヒさんはずいぶん君が大切なようなので、はは……」

そう言われて、ハッと気がつく。

そうよね、私はセルヒ様が他の魔法使い様たちにお願いしてくださって、こうしてお仕事を見学させてもらったり、お手伝いさせてもらえているんだもの。魔塔に来て日も経っていないのに体調を崩して寝込むなんてことになったら、こんなに良くしてくれているセルヒ様に迷惑がかかってしまうわよね！

そう思い、自分に言い聞かせる気持ちも込めて、私はディカルド様に返事をする。

「はい！　セルヒ様にも皆様にも、ご迷惑をお掛けしないように気をつけます！」

環境が変わると体調を崩しやすいとよく聞くし、気をつけなくちゃ。

だけど正直、温かくて美味しいご飯をたくさん食べて、ふかふかのベッドでたっぷり寝て、こうして気遣ってもらえて、リーステラにいる頃よりも、よっぽど元気になれそうな気がするのよね。そう思うと改めて魔塔は良いところだなあとしみじみ思う。恐ろしい噂なんて、本当にあてにならないなあ。

セルヒ様がディガルド様とお話しているのを少しだけ離れたところで待っている間に、一人の魔法使い様が近づいてきた。

ああっ！　さっき、魔道具の使い方を教えてくれた上に、ディカルド様に質問されて戸惑っていた時に私のことを助けてくれた魔法使い様だ！

「あのっ、今日は本当にありがとうございました！　もしよかったら、お名前をお聞きしてもよろしいですか？」

親しくなりたい！　と思って近づいてくる魔法使い様に前のめりにそう声をかけると、一瞬びくりと肩を震わせて足が止まった。ひょ、ひょっとして、私から名前を聞くなんて失礼だったかな……。

そう思い、気持ちが萎縮しかけたところで、魔法使い様はゆっくりと歩みをすすめて私の前まで来ると、静かな声で答えてくれた。

「……私はシェラよ」

「シェラ様！」

女魔法使い様ことシェラ様の落ち着いた雰囲気に思わず満面の笑みを浮かべてしまう。

クールだ！　クール美少女！　おそらく私と同じ歳くらいなのに、才能溢れる魔塔の魔法使い様で、優しくして親切で、落ち着いていてクールな美少女！　素敵！

「シェラ様、あの、改めましてルーツィアと申します。さっきは本当にありがとうございました！」

「……さっき？」

「はい。魔道具の使い方を丁寧に教えてくださいましたし、質問されて戸惑う私を助けようとしてくださいましたよね？　私、嬉しかったです」

「あれは……そういうのじゃ……」

どこか戸惑うような、ばつが悪そうなシェラ様。あれ、どうしたんだろう？　思わず少し首を傾げてしまう。

ハッ！　ひょっとして、シェラ様からすると当然のことだったから、感謝されて照れてらっしゃるのかしら？　シェラ様、こんなに優しいのになんて控えめな方！

「……そもそも、私よりもっと別の人に教えてほしかったんじゃないの」

「ええっ？」

どうしてシェラ様がそんな風に仰るのかが分からなくて、呆けた声を出してしまった。

「なんでこんな下っ端魔法使いに教えられるんだって思ったんじゃないの？」

「えっ！　まさか！　そんなわけないです！」

心臓がぎゅっと掴まれたような気持ちになってしまった。

これってひょっとして、今まで何度もリゼットに誤解されてきてしまったように、私の態度とか表情とか、言葉選びが悪くて、無自覚のうちにシェラ様に不快な思いをさせてしまったのかもしれない。

私は……こんなにも良くしてくださった素敵な魔法使い様を嫌な気持ちにさせてしまうなんて、なんてことをしてしまったんだろう……！

正直、どの言葉が、どの態度が誤解を招いてしまったのかはさっぱり分からない。こういうところが私のダメなところなんだよね……。だからこそ、長い間リゼットに誤解され続けて、リーステラ家から逃げ出すまでの事態になってしまったのだもの。

だけど、魔塔ではどうにか自分を変えて、上手くやっていけたらとも思っている。私はきちんと自分の本当の気持ちを伝えたいと、必死で言いつのった。

「本当に、シェラ様に教えていただけてとっても嬉しかったんです！」

だけど、私の気持ちを伝えたってシェラ様は胡乱《うろん》気《げ》な表情でじっと私を見るばかり。だめだ、全然伝わる気がしない……！　ええっと、こういう時は気持ちだけじゃなくて、もっと具体的なことも一緒にお伝えしないと、きっとダメだよね……。

「それにっ、ディカルド様はきっと私に気を使ってくださって、シェラ様の側に私をいさせてくれたんですよね？　こんな贅沢な対応をしていただいていいのか、恐縮する程で……あれ？　下っ端……？」

必死になっていて気が付かなかったけれど、さっきシェラ様はご自分のことを『下っ端魔法使い』と言わなかっただろうか？　シェラ様が、下っ端……？

「いやいや、確かに年齢は魔塔の他の魔法使い様の中でも若いのだとは思うけど、シェラ様が下っ端だなんて、そんなわけがないよね？」

　あまりにもいっぱいいっぱいになっていて、心の声がばっちり声に出ていたことにも気がつかなかったけれど、シェラ様はそんな私の言葉を聞き逃さず、鋭く聞き返されてしまう。

「そんなわけがないって、どういうこと？　まさか、遠回しな皮肉とか嫌味なの？」

「ひえっ⁉　まさか！　ただ、シェラ様はこの場の誰よりも魔力が安定されているので、私と同じくらいの年齢に見えるのにきっととてつもなく優秀な方なんだと思って……そんな優秀な方に教えてもらえるなんて、私はとっても優遇していただいているんだなって感謝の気持ちでいっぱいなだけで………」

「……は？」

　ダメだわ！　全然私の気持ちが伝わっていない気がする！

　私はもはや泣きそうだった。リーステラにいた頃から何も変わらない。私はここでも誤解を招いてばかりで、不快にさせてしまって、なんてダメなやつなんだろう。

　そう落ち込みかけた時、ディカルド様と話し終えたセルヒ様がそっと私の側に戻ってきた。どうやらいつの間にか、ディカルド様もセルヒ様も私達の会話が聞こえていたらしい。

「ルーツィア嬢、そう心配しなくとも、きっと君の気持ちは伝わっているから大丈夫だよ」

ねえ？　と言いながらセルヒ様はシェラ様に向かって首を傾げる。そんなセルヒ様に、シェラ様は何度もこくこくと頷いていた。

「ほ、本当に……？」

それなら、良かった……！

「良かったねえ、シェラ。ルーツィア嬢は本当に君の優秀さに感激しているみたいだ」

「………」

シェラ様は黙っていたけれど、ディカルド様の言葉に少し照れたように頬を染めてそっぽを向いていた。ひょっとすると、照れ屋さんなのかもしれない。一気に安心した私はセルヒ様に促され、シェラ様やディカルド様にご挨拶をして、その場を後にしたのだった。

「シェラ、ルーツィア嬢の言葉に嘘がないのは分かったよね？　僕も君の能力を評価しているって今までも何度も伝えてきたと思うけど」

「……そんなの、いつまでもうまく思い通りに魔法が使えない私への慰めだと思って……それに、今日だって私はあの方に腹を立てていたんです。突然現れて、大した能力もなさそうなのに、天才魔法使いで皆の憧れのセルヒ様に特別扱いされてて、私はこんなに苦しんでるのにって惨《みじ》めで……それで、意地悪だって言ったのに」

「あはは。『何もそんな魔法のことを全く知らない人にまでそうやって意見を求めなくても』ってやつでしょう？　素人が口出すなって気持ちで言ったんだろうけど、全く伝わっていなかったよね。むしろあれは助けてもらったと思って感激した顔だったよね」

「そんな……意地悪を言ったから、嫌味を言おうとしてるのかと思ったのに……」

「ルーツィア嬢はここに来るまで、随分辛い境遇だったようだから、ちょっとやそっとの悪意には気づかないんじゃないのかな？」

「え……？　そんな風には見えないのに……」

「人は目に見たものだけでは推し量れない。それに、彼女が本当に大した能力も持たない子なのかどうか、これからよく見てあげているといいよ」

「…………」

――誤解が解けて良かった！　と、そればかりを呑気《のんき》に喜んでいた私は、シェラ様とディカルド様がそんな会話をしているなんて、全く知らなかったのだった。

◆◇◆◇

俺――ノースは、目の前にいる同僚魔法使いの態度に思わずため息をついた。

「セルヒ様、本当にありがとうございました！」

「ああ」

今回の仕事を依頼してきた貴族家のご令嬢が、頬を染めてセルヒにお礼を言っているのに、この態度だ。

おいおいおい、せめて目くらい合わせてやればー？

視界の隅に辛うじて令嬢の姿が映ってるんだろうな？　とは思うものの、セルヒは興味なさげにそちらを見ることもしないで、気のないのが丸分かりの返事をするだけ。いや、返事をしているだけまだマシか？

麗《うるわ》しのご令嬢がどうにか自分を見てもらおうと必死になってる姿が哀れで、可哀想になってくるよ。

だけどそうだった、こいつはこういうやつだった。ちょっとルーツィア嬢の前での態度がインパクトでかすぎて、忘れかけてたけど。

セルヒの態度に戸惑いながらも、それでもまだ食い下がろうとするご令嬢。

あーあ、どうやら今日のご令嬢は俺にはあまり興味がないらしい。まあそれもそうか。今日は侯爵家での仕事で、侯爵令嬢様ともなれば身分を気にするもんだもんね。

魔塔に入る際、魔法使いは家から除籍される必要がある。そして純粋に魔法使いとしての身分を得ることになる。魔塔の魔法使いは特別だから。

だからセルヒも俺も、今はもうただのセルヒと、ただのノースだ。

だけど、セルヒは魔塔の魔法使いの中でも有名で、あいつの生家が公爵家であることも広く知られている。家名は捨てても、あいつの家族は家族のままでいてくれたから。そういうやつは全くいないわけではないけれど、魔塔の魔法使いとしては珍しい方だ。大半が家族に疎ましがられ、魔塔に入るとともに縁を切られるから。

それにセルヒの場合はそれがなくとも、本人が天才と名高い魔法使いで、国から保証される身分としてはそれこそ公爵家にも引けを取らないもんだから、ますます高位貴族のご令嬢にはモテるわけだ。

高位貴族のご令嬢は自分に自信があるから、冷酷な女嫌いと噂の魔法使いでも果敢に挑んでくるしねえ。

俺なんて特に、高位貴族の女の子には見向きもされないもんね～。顔だけならセルヒと同じくらい良いはずだし、愛想もあわせれば絶対俺の方がいいのになー。

それにしても、今日のご令嬢はなかなか頑張っている。

「あ、あの、セルヒ様！　どうかお礼をしたいので、このあとお時間をいただけませんこと？　異国で人気のお茶がありまして、是非ご一緒できればと……」

その誘いもどうせ無駄なのに……と思って見ていたら、セルヒの眉がピクリと動いた。

んん？

「異国で人気のお茶か……茶葉を見せてくれ」

「！　はい、もちろんですわ！」

何なにどういうこと？　今までそんな誘いいくらでもあったじゃん。

令嬢もすっかり喜んで目を輝かせている。

俺は意外に思ったけれど……しかし、セルヒはセルヒだった。

令嬢に申し付けられて茶葉を持ってきた侍女から受け取ると、セルヒは少し何かを考えるようなそぶりを見せて、平然と言い放った。

「お言葉に甘えてこの茶葉はありがたくいただこう」

「えっ……？」

「魔塔で待つ俺の最愛に良い土産ができた。礼を言う」

ああ〜〜〜そういう感じにしちゃうのお？

無表情のまま、結局目も合わさないままでそう告げたセルヒに、ご令嬢も侍女もさすがに言葉を失くし、これ以上は誘いをかけられないみたいだった。

「そ、そうですか……セルヒ様の、最愛の方……」

なんて残酷な男だろうか！　だけどまあ、ある意味親切なのかもな。ご令嬢がまかり間違っても『自分に気があるかもしれない』なーんて勘違いをしないようにしているわけだから。

ま、セルヒの場合は全く微塵もご令嬢のためじゃなくて、ルーツィア嬢との間にすれ違いを絶対に生まないためってやつなんだろうけど……。

本当、一体誰がこの無表情で無口なセルヒから、ルーツィア嬢の前でデレデレでめちゃくちゃ喋るセルヒを想像できるだろうか。

茶葉をしっかり受け取ったセルヒはどことなく機嫌がよさそうだ。

「良かったねえ、ルーツィア嬢にいいお土産ができて……」

「ああ。ルーツィア嬢が喜んでくれるといいんだが」

「あーあ、そうやってどんどん求愛するんだな。ついにあの冷酷な女嫌いセルヒの熱烈な愛の告白が聞けるのかー。うぷぷ！」

ルーツィア嬢の名前を出すと、途端に顔を綻ばせるセルヒが面白くて、ちょっと軽い気持ちでからかってみる。

すると、セルヒは心底不思議そうな顔で首を傾げて俺を見た。

「何を言っているんだ？　愛の告白なんてするわけがないだろう」

「へっ？　え……何なにどういうこと、怖い」

あんだけ求愛行動を繰り返しておいてなんだそれ⁉　『愛の告白なんて』って、じゃあどういうつもりでルーツィア嬢にデレデレしてんの⁉

そう思い、俺は心底ゾッとした。

――しかし、やっぱりセルヒはセルヒだった。

「お前はバカじゃないのか。俺が愛の告白なんてしてみろ、心優しいルーツィア嬢が頭を悩ますに決まっているだろう？　ただでさえ新しい生活に不安を覚えているはずなのに、そんな心労がかけられるわけがない。俺はルーツィア嬢に好きになってもらいたいから、愛を伝える行動は惜しまないが、今はまだ答えを決めろと迫るつもりは一切ない。はっきりと言葉にしてしまえば、明確な答えを出さなくてはいけなくなるだろう。彼女には余計なことを考えず、まずは俺に愛されていることを心から知ってほしいと思っている」

俺は思わずポカンと口を開けてセルヒを見る。

あんな周りが見えていないような態度をとっているわりに、めちゃくちゃ冷静に考えてるんじゃん……。

「てっきり、絶対に逃げられないようにさっさと愛の告白して、勢いでイエスの返事を引き出して、そのまま強引に囲いこむのかと思ってたわ……」

すると、珍しくセルヒはニヤリと笑う。

「まあ、絶対に好きになってもらうつもりだから、最終的な結果は変わらないだろうがな」

「ぷっ、ぷふふ、そうだね、命かけてるんだもんね」

俺がそう言うと、セルヒはなんのためらいもなく頷いた。

「ああ。何かを間違えて、嫌われでもしたら俺は死ぬ」

「うひゃひゃ！」

その顔がやたらと神妙で、ますます笑えてくる。

「それにしても、ルーツィア嬢のことになると、本人がいなくても饒舌《じょうぜつ》になるんだな。おもしろー」

「他人に向けた言葉足らずな説明が、何がどうなったのか本人の耳に入って誤解を生むというのも、恋愛小説によくあるすれ違いパターンなんだよ……‼」

「あ、そう……」

それにしても、俺はしみじみ思っちゃうよ。

お前の優しさ、本当にルーツィア嬢にしか発揮されないんだね……。

閑章▼ミハイル

その瞳は、私だけに向けられるものだった

私――リーステラ家の長男であるミハイル・リーステラは、現在、貴族学園に通うため、学園の寮に入っている。

リーステラ家の屋敷を離れることに迷いはあった。なぜならば、リーステラ家は……我が家は、とても歪んでいるからだ。

家の中心はいつでも義妹であるリゼットだ。

そして、リーステラの本当の娘であるルーツィアは、両親からの関心を得られず、そのせいで使用人からも蔑ろにされ、いつも寂しそうに俯いて過ごしていた。

私は幼い頃から、ずっと疑問に思っていた。

果たして両親には、あの顔が、見えないというのだろうか？

ルーツィアは元々、明るく天真爛漫で素直に喜びを伝えられる子供だったのに。それが、リーステラ家にリゼットが迎えられてから、あっという間に変わってしまった両親の態度や自分を取り巻く環境に、戸惑い、傷つき、すっかり大人しく自信のない少女に変わってしまった。

――ルーツィアはきっと、幼すぎて覚えていないだろうが、私はリゼットがリーステラ家に迎えられるより前に迎えられた、養子である。

私は元々リーステラ伯爵家の分家の出身で、後継にすべく迎えられたのだけれど、まだ自分自

身幼く、突然の環境の変化に戸惑いが隠せないでいた。

　そんな私にいつも何くれとなく話しかけて、すぐになつき、笑いかけてくれたのがルーツィアだった。

　ふわふわのストロベリーブロンドの髪を揺らし、まるで苺のように赤く、零れ落ちそうなほど大きく、甘さを含みキラキラと潤んだ瞳が、私を一心に見つめて甘えてくる姿は言いようのない愛らしさだった。

　そして、私がそんなルーツィアを特別に思うようになるのに、さして時間はかからなかった。

　たしかに、リゼットは美しく、豊かな表情は人を惹きつけてやまないのだろう。

　彼女が生き写しであるという、その産みの母親、聖女と呼ばれた女性がそうだったように。

　しかし、心はそうではない。もしも心までがその母親に似て美しかったなら、ルーツィアを蔑ろにして自分だけを過剰に溺愛するリーステラ家の歪んだ状況に疑問を抱いたはずである。

　それに、私は知っているのだ。リゼットが何かにつけてルーツィアを陥れるような嘘をついていることを。

　それは、小さな嘘かもしれないが、ルーツィアを傷つけ、追い詰めていくには十分な暴力だ。

　両親が唯一血のつながった娘であるルーツィアを冷遇していることには憤りを感じるし、理解もできない。リゼットの心の醜さには言いようのない気持ちの悪さを感じる。

　けれど、いつからか私は思ってしまった。

　この潤んだ縋《すが》るような瞳が、私にだけ向けられるのは悪くない、と。

結局歪んだリーステラ家において、私も例外なく歪んでいるのだろう。

しかし、私は成長するにつれて、ある事実に気がつき、絶望した。

——兄妹になると、結婚できないではないか。

そして、その時には私は正しくリーステラ家の養子になってしまっており、つまりルーツィアとは結婚できないということに他ならなかった。

……両親は元々、私とリゼットをなんとかして添わして、敬い愛してやまないリゼットの母、聖女と縁繋ぎになりたかったらしい。

お互いが聖女の信奉者であった父と母は、それぞれが聖女と、聖女の夫となった侯爵と友人同士であったことから出会い、そして利害の一致で結婚するに至った。

つまり、お互いが一番に愛するのは聖女であり、聖女を愛する心を分かち合うことができるからこそ、それを許容しあう約束のもとに成り立った婚姻だったわけだ。

全く、馬鹿げている。

しかし、まともな感性の相手と結婚していたならば、きっとその結婚相手が不幸になっていただろうから、そのこと自体は良かったのかもしれないな。

聖女が身籠るとともに母が子を宿すと、両親は願った。

『男なら聖女の子の伴侶に、女ならば誰よりも近い友人になってほしい』と。

その後、ルーツィアが生まれ、相談の結果もう子は持たないと決め、後継に分家の次男の生まれである俺を引き取ったのだ。

それでも、その時にはまだ両親はきちんとルーツィアに愛情を注いでいたように思う。

恐らく、聖女の子の親友にするため、大事に大事に育てていたのだ。娘へ向ける愛情もあると思っていたが、その後の彼らの態度を見ると、そんなものはなかったのかもしれないとも思う。

そう、リゼットの両親が不幸にも亡くなり、リゼットが一人きりになってしまったことで、両親の人生設計と、ルーツィアの運命は変わったのだ。

ルーツィアを大事に育て、リゼットのお眼鏡《めがね》に適う子供にしなくとも、リゼット本人を自分たちの手で育てられるようになったのだから。

◆◇◆◇

本当に馬鹿げている。だが、私が分かりやすくルーツィアを庇《かば》ったり、リゼットを窘《たしな》めたりして、両親の機嫌を損ね、リーステラ家から追い出されるわけにはいかない。

そうなっては、それこそ打つ手がなくなってしまう。

学園の寮からリーステラ家に戻っていた私は、両親とリゼットと共に夕食を摂《と》りながら、頭の中はルーツィアとこれからのことでいっぱいだった。

可哀想なルーツィア、今頃部屋で粗末な食事を摂って、一人寂しく泣いてはいないだろうか。

その姿を想像し、胸が痛む。

ルーツィアが心配で、私は定期的に屋敷に戻るようにしている。

今日は屋敷に戻るのが遅くなったために、夕食の前にルーツィアの顔を見に行くことができなかったのだ。

それにしても、リゼットがいやに上機嫌だな。まさか、ルーツィアにまたひどい仕打ちをしたのか……？

そんな風に呑気に思っていた自分を殴りたい。

「……ルーツィア？」

食事の後、こっそりとルーツィアの部屋に向かう。最初におかしいと思ったのは、その部屋が、明かりも灯さず真っ暗だったからだ。

……まさか、暗い中で一人で泣いているのか？

そうならば、すぐに慰めて優しくしてやりたい。

そう思い、明かりをつけたのだが、そこにルーツィアの姿はなかった。

部屋にいないどころではない。屋敷中どこを探しても、ルーツィアを見つけることができなかったのだ。

「どういうことだ……!?」

私はすぐに、ティールームでリゼットと一緒に食後のお茶を楽しんでいる両親の元へ戻る。

「父上、母上！　ルーツィアはどこですか!?」

「え……？」

突然のことに呆ける両親とは対称的に、リゼットが嬉しそうに笑う顔が視界の隅に映った。

まさか、リゼットが何かしたのか……!?

そちらに視線を向けるが、その時にはもう、悲しそうな表情を浮かべて見せるリゼット。

そしてすぐに、わっと顔を覆って泣きまねを始めた。

しらじらしいやつめ……!

両親は泣き始めたリゼットに慌てているが、私にそんなバカげた演技は通用しない。そもそも、リゼットが泣いていようが悲しんでいようがどうでもいいのだ。

「うっ、私は、行かないでほしいと何度もお願いしたの……ルーツィアが私を嫌って邪魔にしているのは分かっているけれど、どうか好きになってもらえるように頑張るからって……」

「行かないでほしい？　ルーツィアはどこへ行ったというんだ」

待て、嫌な予感がする。あの大人しく、気の弱い子が、自らどこかへ出て行くことなどないはずだ。どれほど辛く苦しくとも、この場所以外にあの子がいられる場所はない。それに、ここにいれば私が会いに来る。それをあの子は分かっているはずで……。

あの子には、ルーツィアには、優しくしてくれる人など、私しかいないのだから。

「ルーツィアは、これ以上私なんかと一緒に暮らすのは虫唾《むしず》が走る程嫌だって、そう言って……」

「まあ、あの子はまたそんなひどいことを言ったの!?　ああ、可哀想に、私の可愛いリゼット！」

「本当に困った娘だ、リゼットをこんなにも傷つけたあげく、気をひくためにわざと姿を隠しているんだな。そんなことをしても私たちが愛するリゼットをこの屋敷から追い出すはずもないのに！」

　この期《ご》に及んで、ルーツィアを心配するでもなく、リゼットのことばかり。

　こいつらは馬鹿なのか！

「リゼット、ルーツィアは、一体どこへ行ったのか知っているのかい？」

　憤りをなんとか抑えて、優しく問いただす。必死に機嫌をとらねば、この女は真実を出し惜しみしてなかなか答えないのだ。

　こんな奴に優しくなどしたくない。だが、大事にするふりをするしかない。

　けれど、そんな憤りは、すぐに血の気の引く思いにかき消されていくことになる。

「うう……ルーツィアは、私と同じ空気を吸うぐらいなら、どんな場所でもマシだわって、そう言って………魔塔に」

「……は？」

　魔塔、魔塔と言ったか？

　私の脳裏に、数年前、ルーツィアを寄こすようにと、馬鹿げた話をしにきた忌々しい魔法使いの姿が浮かんだ。

「しかし、魔塔へ入るには、家から除籍される必要が――……まさか」

　私は自分の部屋に走り、大事なその書類を隠しておいた引き出しを開ける。どうか違っていてくれと願いながら。

しかし、現実は無情だ。そこにあるべき書類はなかった。私が学園を卒業した際に、ルーツィアとの婚約を叶えるべく、なんとか両親を言いくるめて用意させた、私がリーステラ家から籍を抜くための書類が。

「こんな……こんなこと、許せるわけがない……！」

怒りと絶望で湧き上がる手の震えを、押さえることはできなかった。

第四章　魔獣さんとの本当の出会いが発覚です

あれから数日経ったけれど、私は予定通り魔塔の色んな魔法使い様のところへ日替わりで通って、お仕事を見学させてもらっていた。

今日はセルヒ様に連れられて、今までの魔法を使った何かしらの研究や実験とは違って、魔法使い様たちの訓練場にお邪魔している。

そもそも魔塔全体に魔力防御が張られていて、例えば実験に失敗して魔法を暴発させたりしても、滅多なことじゃ部屋が壊れたりはしないらしい。

その上でさらにこの訓練場は広いドーム状になった場所で、この空間一帯に特に強い防御壁が張られているんだとか。見えないから、よく分からないけど。

それより、他の部屋と同じように扉をくぐったら、まさかこんなに広くて魔塔全体より大きいのでは？　と思ってしまうくらいの空間が現れるなんて、そのことの方がびっくりだわ！

なんと、空間を広げる魔法を何種類か組み合わせて作っているんだとか。魔法ってすごい。

そんなわけで、今日は魔力を使った実験などではなく、それぞれの魔法使い様たちが自分に使える数種類の魔法を使っているところを目にしているわけだけれど。

私はとあることに気がついた、気がする。

あ、まただ。うーん……あ、ほらやっぱり。

魔力には人それぞれ色がある。

だけど、属性魔法を使っているのを見ていると、どうも魔法の属性に応じて、色が変わるみたいなのだ。

例えば、あの男の人。

魔力は紫色だけど、炎の攻撃魔法を使うと、炎が形になった瞬間に元々の魔力の紫色を包み込むようにして、別の色が発生してるわ。

他の魔法使い様たちのことも、じっと見つめる。しばらく見つめていた結果、私の中で、やっぱり属性ごとに出てくる色は同じみたいだわという結論になった。

たくさんの魔法を見て好奇心が刺激された私は、訓練所の隅っこで見学しながら、こっそり自分でもやってみることにした。

実は、最近夜にセルヒ様に付き合ってもらって、魔力の使い方を教わってるんだよね。

とはいえ、まだちゃんとした魔法を使えたことはないんだけれど……。

まず、セルヒ様に教えてもらって練習している通り、体の中の魔力を感じながら、循環させていく。準備運動みたいな感じだ。

もっと慣れればこれをしなくても手や指を使うように当たり前のように魔力を動かせるようになるらしいんだけれど、私にもそんな日が本当に来るのかな？　って思うくらいには普通に難しいのよね。

たしか、こうやって魔力を動かしながら、魔法を顕現《けんげん》させるのよね。……どうやるんだろう？

そこまではまだ習っていない。だけど、魔法使い様たちがすごい魔法を使っているところをたくさん見ていると、根拠もなく自分にもできそうな気がしてくるし、そうなるとやってみたくなる。

セルヒ様に聞いてみたいけれど、今は訓練場の奥の方のスペースで別の魔法使い様にお願いされて魔法を教えていらっしゃるのよね……。

だけど、私は今すぐやってみたいっ。

何かヒントはないかと考えて、ふと、リーステラのお屋敷で読んだ沢山の古書を思い出した。

とっても古い書物ばかりだったから、この間ちょっとだけ見せてもらった魔塔の魔法書とは全然内容が違うことに気がついて驚いたのだけど、それでも当時はその書物で魔法を勉強していたわけで。やり方が古いからって言って、間違っているわけではないはず。別にできなくっても全然いいんだし、試しにやってみよう！

ちょっと見せてもらっただけの魔法書の内容はあんまり覚えていないけれど、一人きりで、誰にも構ってもらえなくて、それしかなくて何度も何度も何度も読んだお爺様の古書の内容はもはや暗記しているレベルで覚えている。

ええっと、確か、そう、こんな感じで……。

しばらくあれこれやってみていると、ついに手のひらがほんのり暖かくなって、そこからキラキラが少し混じった白い魔力がふわっと立ち上り、だけどすぐにパッと消えた。

あ、あ、惜しい！　気がする！

だって魔力が出てきたってことは、魔法の顕現の一歩手前ってことだよね？

ちなみに今試しているのは炎の魔法だ。この訓練所でやってる人が多くて色んな人の炎魔法をたくさん見れたし、やってる人が多いってことはやれる人が多いってことで、つまり他の魔法より簡単なんじゃないのかなって思ったから。

古書の内容を何度も思い出しながら、ひとつひとつの手順を丁寧に積み重ねるのを意識する。

繰り返していくうちに、手のひらにポッ……と小さな炎が浮かび上がった。

で、できたわ！　できた‼　……あっ！

本当にできてしまったことが嬉しくて興奮したせいで、魔力が乱れてすぐに消えてしまった。

うーん、魔法を使うってとっても難しいわ！　こんな小さな炎を出すのでさえ、全神経を集中させてやっとだもの。

だけど、楽しい。へへ……。

だって、魔法は憧れだった。ずっと使ってみたかった。夢の中で大魔法使い様になったこともある。そんな風に実際夢にみるほど、魔法を使うのは私の夢だった。

魔力なしだとされて、使えないって思っていたから、余計に。

だけど今、夢がほんの少しだけ叶ったんだわ。

こうなったら、他の魔法も試してみよう！

引き続き、さっきと同じように古書の内容を思い浮かべながら、炎以外の魔法にも挑戦してみることにする。

どれもものすごく難しかったけれど、自分なりに色の変化もイメージしながらやると、次第に上手くいき始めた。

すごい！　私すごい！　色のイメージを取り入れたのは我ながらいいひらめきだったわよね！

嬉しくて、胸が高鳴りすぎて、息が苦しい。ドキドキするし、ワクワクする。

色んな属性を試して見て、全部なんとか成功した。とはいっても、片手のひらにおさまるサイズの極々小さい魔法だけれど。

魔法使い様たちからしたら、こんなの魔法にも入らないレベルだと思うけど、私にしてはとんでもないことだ。もはや偉業だわ。今日のこの瞬間はルーツィア人生史に深く刻まれました。

最後に、光属性についても試してみよう。

リーステラに数冊あった古書の中で、光魔法だけは専門書があったのよね。他の属性魔法と、少しだけ発動の仕方が違って面白くて、それも何度も読んだ。

それにしても、光魔法だけ専門書まで持っていたなんて、お爺様は光魔法が好きだったのかもしれない。それなら、なおさら使えるようになりたいな。

気合を入れて臨んだけれど、びっくりするほどあっさりと光魔法は顕現した。

ピカっと強い光が、両手から溢れるくらいの大きさで現れたのだ。さっきまでの片手サイズより大きいの出たっ！

あまりに簡単にできてしまった上に、予想外に強い光だったために、驚きすぎてすぐに消えてしまった。他の魔法で試していた分、ちょっとコツを掴んでいたのかも。その上でとびきり気合いを入れてやったから、きっと他よりちょっとだけ上手くできたんだわ。

一瞬呆然として、そんなことを考えていたけど、すぐにじわじわと喜びと興奮が湧き上がってきた。

そ、そうだ、セルヒ様っ！　セルヒ様に見てもらおう！

たったこれだけのことで何をって感じではあるけれど、セルヒ様はとっても優しいし、ここ数日で思ったのだけれどどうやら褒めて伸ばすタイプのようなので、また褒めてくれるかもしれない。

『すごい！　すごいよルーツィア嬢！　頑張ったんだね！』

『えへへへへ……』

セルヒ様に褒めてもらう想像をして、ちょっぴりにやけながら、セルヒ様に声をかけようと顔を上げる。訓練場の奥の方にいるんだけど、大きな声で呼んでもいいのかな？　それとも、こっちに来てくれるまで大人しく待ってた方がいいのかな？　ああ、でも早く見てほしいなあ！　なんて思いながら。

すると、声をかけるまでもなくセルヒ様は私の方を見ていた。

えっ……。

驚いたことに、セルヒ様どころか、訓練場にいるたくさんの魔法使い様たちが、みんなみんな私を見ていた。

そしてその全員が、なぜか信じられないものを見るように、目を丸くしていたのだ。

自分に集まったいくつもの視線に驚いて体が固まってしまう。

ハッ！　ひょっとして、さっき試した光魔法が、思ったよりずっと眩《まぶ》しくて、訓練の邪魔になってしまった？

そう思い至って、血の気が引いていく。

ちょっとした好奇心で好き勝手試してしまったけれど、ものすごく迷惑をかけてしまったのかもしれない。ううん、むしろ、私がいる場所は訓練場の隅の隅、メインのフィールドとはちょっとした柵で区切られている場所だから、もしかするとこの部分で魔法を使うなんてとんでもないことだったのかもしれない。

理由はいくつも考えつく。とにかく、こんなにみんなが私を信じられないような顔で見ているなんて、何か良くないことをしでかしてしまったことは間違いない――。

そんな風にぐるぐると一気に考えを巡らせ、くらくらと眩暈《めまい》までし始めてしまった私は、「ここで倒れでもしたらますます迷惑だわ、とにかく謝罪をしなくちゃ」と思い、気をしっかり持ち直すために一度目をぎゅっとつぶった。

そして、意を決してその目を開くと、いつの間にか目の前にセルヒ様が立っていた。

普段なら、「あんなに遠くにいたのに、いつの間に目の前に!?」と驚いていたかもしれないけれど、焦りまくった私はそんな驚きにも気づかず、ただ呆然とその姿を見上げる。

さすがに怒られてしまうかも――と、思いかけたのは一瞬で、セルヒ様はガバリと私の両手を握った。

えっ……？

私を見つめるその目はキラキラと輝いていて、どう見ても怒ってなんていなくて。

「ルーツィア嬢！　君は魔法を使えないと言っていたよね？　ひょっとして、今初めて魔法を使ったのかい？　ああ、俺には何が起こったのか半分も理解できていないけれど、言い表せられないほど素晴らしい奇跡を目にしたことはよく分かる！」

「えぇっ？」

何が起こっているのか分からない私に、セルヒ様は続ける。

「君の魔力操作は完璧だった。初めて魔法を使おうとして、大きな魔圧を発したんだろう、すぐに気がついたよ。危険かもしれないと止めに入ろうかと思ったが、君はすぐにコツを掴んだようだったから、驚いてつい見入ってしまった。すると、なんとたちまち炎属性の魔法を発現することに成功していたね！」

「あ、あの、勝手に魔法を使って、ごめんなさい……」

言われている内容が理解できるようなできないような、そんな混乱する頭の中で、とにかく勝手なことをしたことを謝らなければ！　と思いそう口にすると、セルヒ様は何をそんなこと！　と笑い飛ばす。

「そもそもここは勝手に魔法を訓練するための場所だ。問題などあるわけがないよ！　それに、とんでもなく良いものを目にした。ルーツィア嬢、君は炎属性の魔法を成功した後、他の全ての属性の魔法を試し、その全てに成功し、あろうことか……光魔法まで成功させてしまった！」

ここまで言われて、さすがに気づくものがあった。さっき言われた言葉も合わせてじわじわと理解できてきたということもある。

ひょっとして、私今、怒られるどころか、どちらかというと褒められているような雰囲気……？

そう思ったとたん、単純な私の体には引いていた血の気が一気にめぐり始め、心臓がどきどきし始めた。

伝えたかったことを思い出して、まだ少し震えの残る口を開く。

「わ、私、魔法使えました」

「ああ、見ていたよ！　とてもすごかった！　初めてで、教えてもらうこともなく、あんな風に魔法を使えるなんて！」

「へ、へへへ……あの、どうしてもやってみたくなって、やってみたらできました」

「普通、指導も受けず魔法を使うなんてできることではない。ルーツィア嬢は無能どころか、天才だったんだね！」

「天才……私が……」

それはない、ということは自分は一番よく分かっている。どう考えても言い過ぎである。私が天才だなんて、さすがにそんなわけがない。だけど、それでも嬉しくて、口元がむずむずしてしまうのは止めらない。

ふと、視線をセルヒ様の後ろに走らせると、さっきまで固まって私を見ていた他の魔法使い様たちが、今はセルヒ様を見つめていることに気がついた。今度こそ口をあんぐりと開けて、目玉がこぼれんばかりに目を見開いている。

「ええっ、あ、あれって、あのセルヒさんだよな？」

「バカ、誰かが幻影魔法の訓練の一環でふざけてセルヒ様のふりをしているんだろ？　セルヒ様はあんなにはしゃいだ声をあげないし、女が嫌いだから指一本も触れたりしない」

「そうだよな、セルヒ様って二単語以上話せないって聞いてるし」

「……いや、でもさっき、あの子の側に一瞬で移動したあの魔法、セルヒ様やノース様以外に誰か使えたっけ」

「………そういえば、最近セルヒ様の様子がおかしいって噂を聞いたような」

「………魔塔に長年想っていた運命の人を迎え入れてデレデレなんだってあの噂か？　さすがにただの噂だろ？」

「………だけど訓練場に入ってきた時も、あの子に緩んだ顔で微笑みかけていたような」

「…………あれって俺だけの見間違いじゃなかったのか？」

「…………」

「いや、それよりも、さっきあの子、ありえないことをしてなかったか……？」

なんだかざわざわしていた魔法使い様たちが、突然私とセルヒ様の方に駆け寄ってくる。

「な、なあ！　ちょっと話が聞こえたんだけど、さっき初めて魔法を使ったって本当か⁉」

「というか、俺途中からしか見ていなかったんだけど、何属性使った⁉」

「それより、どうやって光魔法を使ったんだ？　光魔法を使える奴なんてほとんどいないはずなのに！」

「ひえっ⁉」

魔法使い様たちはどんどん集まって来て、どんどん私に質問をしてくる。そのあまりの勢いについ悲鳴じみた声が漏れてしまった。

「おい！　ルーツィア嬢が怯えているだろう！　やめろ！」

セルヒ様が私を抱き寄せて庇ってくれるけれど、その近さにますますドキドキしてしまって。心がキャパオーバーになってしまった私はつい小さく呟いてしまった。

「た、たすけて」

するとその瞬間、急に訓練場の中に強い風が吹き込んでくる。

「うわあ⁉」

私を質問攻めにしていた魔法使い様たちがその風に体を押されてバタバタとその場に折り重なるように倒れていき、私は思わず目を瞬いてしまった。

そして気がつけば、私の目の前に、まるで私を背中に庇うようにして、魔獣さんが立っていた。

突然の魔獣さん出現に咄嗟に反応できないでいると、魔獣さんは折り重なった魔法使い様たちにむけて、威嚇するように唸り声をあげた。

「おわっ⁉　こいつ、どこから現れた⁉」

「この魔獣、あの子が魔塔に入るときに一緒について来たって言っていたやつじゃ……？」

「ひいっ」

驚いたり、怯えたり、首を傾げたりする魔法使い様たち。どうやら魔獣さんは威嚇するだけで攻撃までするつもりはないらしく、魔法使い様たちにもそれは分かっているみたいだ。

ま、魔獣さん、これって私を助けようと庇ってくれているってことだよね？

でも突然どうして……？

「ひょっとして、魔獣がこちらへやって来なかったかい⁉」

私が戸惑った気持ちでいると、相変わらず赤い髪をボサボサに乱したアルヴァン様が、訓練場の出入り口の扉のところへ姿を現した。

そうそう、初日は私の部屋で待っていてくれた魔獣さんは、お邪魔する先の魔法使い様たちが許可してくださればお仕事見学中も私と一緒にいたのだけど、今日はアルヴァン様が一緒にお留守番してくれるっていうことで、アルヴァン様のお部屋に行っていたんだったわ。

「触らせてはもらえないから、ゆったりとくつろぐ美しいお姿を観察させてもらっていたんだけど、突然耳を立てて起き上がったかと思うと、目にもとまらぬ速さで飛び出していってしまってね。ああ、あれはきっと風魔法を使っていたのではないか……それも、あれほどの速さ、とても高度な魔法だ……！　素晴らしい！　それで、今日はルーツィア嬢が訓練場に来ると聞いていたから、ひょっとしてここではないかと思ったのだけどぉおおお⁉」

アルヴァン様はまるで自分の気持ちを整理するかのようにここに来るまでの状況をつらつらと話しながら、訓練場に目を向けたのだけれど、私と魔獣さんの姿を見つけた途端、驚きに目をむいて絶叫した。

「ま、魔獣さんがまたもやルーツィア嬢をお庇いなさってるっ⁉　もしや、なにがしかルーツィア嬢の危機を察知して飛び出していかれたのか⁉」

……ああっ⁉　ひょっとして、私が思わず「たすけて」って言っちゃったから⁉　え、聞こえていたの⁉　アルヴァン様のいたお部屋とこの訓練場はかなり離れているはずなのに……？

「あああ、そ、それほど魔獣が一人の人間に執着し、守ろうとするなんて、やっぱり奇跡……」

「うわあ！　アルヴァンが倒れたぞ！」

「大丈夫か⁉」

側にいた魔法使い様たちがアルヴァン様を介抱している。アルヴァン様、実はこれが二度目の気絶ではなくて、魔獣さんの何かしらの行動に感動感激する度《たび》に「奇跡……」と恍惚《こうこつ》とした表情を浮かべながら夢の世界に旅立ってしまうのだ。おかげでこんな光景にもちょっぴり慣れてしまった。

　それより、魔獣さんよね！

　アルヴァン様の大騒ぎなど意にも介さず、魔法使い様たちに向かってさらに威嚇する魔獣さんに駆け寄ると、私はそのすぐ側に膝をついて、大きな背中に横からぴとっとくっついた。

「魔獣さん、守ってくれてありがとう。でも、大丈夫だよ、ちょっと驚いちゃっただけなの」

　すると、魔獣さんはすぐに威嚇をやめて、私の方に鼻先を向けると、顔をぺろぺろと舐めてくれた。うふふ、くすぐったい！

そんな私たちを、魔法使い様たちが呆然と見ている。

「……これは、アルヴァンが興奮するわけだ」

「すごい、たしかに魔獣が人にこんなにも懐く姿、見たこともない」

そんな声も耳に入らないほど、魔獣さんとじゃれあっていたのだけど。

しかし、私は不思議なことに気がついた。

『――我の……ィア……ツ――……』

魔法使い様たちとは別の声が、うっすらと聞こえる気がするような？

その声は途切れ途切れで、小さくて、なんて言っているかまでは分からないけれど……どこから声がしているんだろう？

『……ツィア、――……ルーツィア――……』

ひょっとして、私を呼んでいるの……？

きょろきょろと視線をさまよわす私に気がついたセルヒ様が、不思議そうに私の側に近づいてくる。

「ルーツィア嬢？　どうかしたのかい？」

「あの、なんだかどこからか優しい声が聞こえるような……」

私がそう言うと、セルヒ様は何かに気がついたようにハッとしたあと、私をじっと見つめる魔獣さんを驚いたように見た。

「ルーツィア嬢、君はさっき魔法を初めて使って、今はこれまでにないほど魔力が体中を活発にめぐっているはずだ」

「はい」

突然話が変わったように思えて、不思議に思いながらも返事をする。たしかにセルヒ様の言うように、体の中がとってもポカポカしていて、魔力がぐるぐると駆け巡っているのは感じるから。

「そのまま、意識して魔力を耳に集中させることはできるかな？」

「耳、ですか？」

「ああ。もっと良く聞こえるように、というイメージでやるといいかもしれない」

うーん、セルヒ様と魔力操作の訓練をするときには、意識して体中に魔力を巡らせている。その要領で、耳にその魔力を集める感じでいいのかしら？

できるかどうかは分からないけれど……と思いながら、少し落ち着くために目を瞑り、言われたとおりに耳に魔力を集中させていく。

もっと良く聞こえるように……こうかしら？

すると、さっきまで微かに聞こえるばかりだった声が、突然ハッキリと耳に飛び込んできた。

『――我の可愛いルーツィアを驚かすなんぞ、この不届きものどもめ！　ルーツィア、お前を怖がらせるやつらは、我が脅かしてやるからな』

「ええっ⁉」

聞こえてきた内容もさることながら、私は驚いて声を上げてしまった。

どう考えても、その声は魔獣さんから発されていたからだ。

目を丸くして見つめる私に、魔獣さんは首を傾げて「くうん？」とひと鳴きして。同時にやっぱり声が聞こえる。

『どうしたルーツィア？　脅かすだけじゃ足りないか？　やっぱり全員殺してやろうか？』

「ころっ……⁉　そ、それはダメっ！」

思わず悲鳴混じりに叫ぶと、宥《なだ》めるように鼻先を擦り付けてくる魔獣さん。それも、過激なことを言ったとは思えないほどとっても優しく。ええっと……。

「やっぱり、どうやら聞こえるようになったみたいだね。特殊魔力は体を巡る魔力だ。ルーツィア嬢が魔力の色を見ることができるのは、無意識に目に魔力を集めがちだからだろう。同じ原理で、活性化した魔力が聴力にも影響を与えていたんだろう」

セルヒ様がそう説明してくれた。だから、もっと意識して耳に魔力を集めればハッキリ聞こえるのではないか？　と考えてくれたらしい。すごい。やっぱりセルヒ様はすごい人だわ。そんなことにすぐに気がつくだなんて。私は自分のことなのにさっぱり分からなかったもの。

……どうやら私、魔獣さんの声が聞こえるようになったみたいです。

「なるほど。特殊魔力のみを集中させて五感のどれかを引き上げる……単純なようでいて、思いつかなかったな。こうか？」

セルヒ様はそう呟くと、すっと目を瞑り魔力を耳に集中させた。綺麗な水色がふわりと光ったのでそれが分かったのだけれど。

『なんだ、今まで我の声は聞こえていなかったのか？』

魔獣さんがそう言って首を傾げている。ええっと、ひょっとして、聞こえていると思って今までずっと話しかけてくれていたのかしら？

ハッ！　もしや、今までも、さっきのような物騒なことを言っていたりした？　うっ、なんだかとってもそんな気がするわね⁉　何も分からないうちにうっかりひどいことが起こらなくて良かったわ……！

そんな風に一人で安堵している私をよそに、セルヒ様は納得したように頷いている。

「うん、聞こえるね。普通、魔法を使うときにメインで使用するのは通常の魔力だから、どちらも持っていたとしても特殊魔力だけを操作するのはなかなか難しい。だから、今までルーツィア嬢以外、誰もそれをすることはできなかったんだろう」

「そうなんですか？」

だとすると、それに気づいてすぐに同じことができてしまったセルヒ様って、とんでもなくすごいのでは……？　やっぱり天才魔法使い様と言われる人は違うんだわ！　だって今のも、さらっとやってのけていたし。

周りの魔法使い様たちは何がなんだか分かっていないみたい。

セルヒ様はそんな皆様に向き直ると、訓練に戻るように言い伝えた。

「さあ、ルーツィア嬢。ここは騒がしいから、他の部屋に行こうか」

「は、はい」

促されるままに、魔獣さんとセルヒ様と訓練場を後にした。

「えっと。改めて、魔獣さん、お話しできて嬉しいです」

どうしていいか分からなくて、とりあえずペコリと頭を下げてみる。だけどお話しできて嬉しいのは本当だ。

素直な気持ちを伝えたのだけど、魔獣さんはどこか悲しそうに「くうん……」と鳴いた。

『ルーツィア、どうしてそんな風に我を呼ぶ？　昔のようにその可愛い声で、我だけの名前を呼んでおくれ』

魔獣さんはそういうと、私の足元に近づいて体を擦り寄せてきた。反射的にその背中を撫でながら、私は内心首を傾げる。

はて……？

昔のように？　我だけの名前……？

もしかして、魔獣さんは私のことを誰か別の人と勘違いしているのじゃあないかしら？　だって私は魔獣さんと、リーステラの屋敷を出てきたあの夜に初めて会ったわけだし……。うーん、だけど魔獣さんはバッチリ私のことを「ルーツィア」と呼んでいるわよね。一体どういうことだろう？

何も答えられない私に、ついに魔獣さんは顔を上げて上目使いで見つめながら、しょんぼりとした顔をした。

うっ、どうしよう！　なんだかとっても罪悪感が湧くのだけど、でもやっぱりなんのことを言われているのか分からない……。

　困ってしまって助けを求めてセルヒ様の方を見たけれど、もちろんセルヒ様にも分かっていないようで、同じように困った瞳と目が合った。そんな私の様子に魔獣さんは必死で言い募る。

『ルーツィア？　もしや我のことを忘れてしまったのか？　お前の可愛い【フワフワ】だよ……！』

　フワフワ……？

…………フワフワ？

　えっ、フワフワ!?

　私の脳裏には遠い昔の胸がぽかぽかするような思い出が浮かび上がってきていた。辛く苦しいことの多かったリーステラで過ごした日々の、数少ない幸せな時間。

「フワフワって、あのとっても小さかったフワフワ？　屋敷の裏手でいつも一緒に遊んだ、すぐにコロコロと転んでしまう、あの可愛いフワフワ？」

　まさか！

　信じられない思いで目を丸くする私に、魔獣さんは嬉しそうに「がうっ！」と鳴いてみせる。

『ああ、ルーツィア、良かった！　我を忘れたわけじゃなかったんだね。そうさ、お前の可愛いフワフワだ！』

「まあ！」

だけど、と思いとどまる。

フワフワは確か、生まれたての子猫のように可愛らしいサイズの、綿毛のようにふわふわとした毛並みの可愛い子犬だった。だからフワフワと呼んでいたのだもの。

我ながらなかなか安直なネーミングだけれど、幼い子供なんてそんなものよね？

だけど、今のこの子はどうだろうか。立ち上がれば私よりよほど大きな体、多分熊よりも大きい。艶《つや》やかな毛並みは美しいけれど、フワフワと呼ぶのはちょっと躊躇《ためら》う。

まさか、ここまで大きくなるなんて……。

それにしても。

「ああ、フワフワ、久しぶりに会えてとっても嬉しいわ！　だけど、どうしてあの時、突然私に会いに来てくれなくなってしまったの？」

あの頃、フワフワは急に私に会いに来てくれなくなったのだ。私はまだ幼くて、屋敷の裏手に抜け出すことが精一杯で。遠くまで出歩くことはできなかったし、すでにリーステラに居場所はなくて、私に付き添ってくれる侍女や護衛もいなかったから、会いに来てくれる魔獣さんだけが唯一の友達だったのに。

悲しい気持ちを思い出しながら思わずそうたずねると、魔獣さん――フワフワは、グルルと唸りながら、歯をチラリと出して、苦々しい表情を浮かべた。

『我とてお前に会いに行きたかった！　どれだけ可愛いルーツィアに会いたかったか！　しかし、ある時突然あの辺り一帯に小さな、しかし強固な結界が張られたため、近づけなくなってしまったのだ』

「結界……？　どうしてそんなものが？」

すると、私たちのやりとりを優しく見守ってくれていたセルヒ様が、突然その場に崩れ落ちた。

「お、俺のせいか……‼」

「えっ？」

ええっと、セルヒ様のせいって一体どういうことかしら？

話の流れからすると、フワフワが急に会いに来てくれなくなったことに、セルヒ様が関係しているようだけれど、そうと分かっても全く関連が分からない。

崩れ落ちたまま打ちひしがれているセルヒ様は、回復までにもう少し時間がかかりそう。

きっと話してくれるだろうけれど、それまでに自分の中でもあの頃のことを整理しておこうかしらと、懐かしい記憶を思い浮かべてみることにした。

私とフワフワが初めて出会ったのは、今から数年前のこと——。

◆◇◆◇

その日、私は久しぶりに屋敷を抜け出していた。

屋敷の中は息が詰まる。本を読んでいる間は時間を忘れて没頭できるけれど、お祖父《じい》様の古書も読み尽くしてしまった。何度読んだって面白いし夢中になれるけれど、さすがに他のこともしたくなってくる。

なので、ときどき一人で、屋敷のすぐ近くにある小さな森に入って遊んでいたのだ。古書の中には薬草や魔法と相性がいい植物などが載っているものもあったから、ひょっとしてその中のどれかが見つかったりしないかなあ、なんて好奇心で。

だけど、見つけたのは薬草でも植物でもなかった。

「きゅう～ん……」

「わ！　驚いた！」

草を掻き分けて目に飛び込んできたのは、とても小さな……動物？

目を凝《こ》らしてじっと見つめてみると、「ふゅ～ん」ともう一度鳴いた。木の陰でできた暗がりに、丸まった何かがいる。多分、子犬？　黒いから形がはっきりしないけど。

陰に溶けてるみたいだわ！　鳴かなければ気がつかなかったかも。

ぱちくりと目を凝らすと、潤んだ瞳が、私をじっと上目遣いで見つめていた。そして、その子犬はどうやら怪我をしているみたいだった。脇腹あたりから血を流している。

大変だわ……！

弱々しくて悲しそうな鳴き声。いいえ、ひょっとして泣き声なのかもしれない。

この小さな体では、このまま放ってしまうと死んでしまうかもしれない。私は辺りを見渡してみるけれど、親犬の姿は見当たらない。ひょっとして、見捨てられてしまった？　それとも、最初から一人ぼっちだったのかな……。

「待っててね、きっと助けてあげるから」

私はその子を抱えると、一目散に屋敷に駆け戻る。

そして、リゼットの元へ連れて行った。

リゼットは聖女の娘で、彼女自身も希少な治癒の力を持っている。

私は、先日お兄様と、お兄様のご友人と一緒にいるリゼットが、我が家の庭に紛れ込んだ猫を可愛がっていたのを覚えていた。

『まあ、とっても可愛いわ！』

『野良猫にも優しいなんて、さすがリゼットだね。それにご令嬢が動物を可愛がる姿はとても愛らしい』

『やだ、そんな風に褒められると、恥ずかしいわ』

頬を染めて恥ずかしがりながら、猫を撫でていたリゼット。

きっと、動物好きなリゼットならこの子のことを助けてくれるはずだ。

「リゼット！　お願い、この子の怪我を治してあげて……！」

だけれど、リゼットは私が差し出した子犬に一瞬目を丸くすると、次の瞬間には嫌そうに顔を歪めた。

「やだ！　そんな風に近づけないでよ！　ドレスが汚れちゃうじゃない！」

「え……？」

「このドレス、お父様とお母様に買ってもらったばかりのお気に入りなのよ！　ルーツィアったら、私がお父様たちにプレゼントをもらうのがそんなに気に食わないのね！　そんな獣まで使って、私のドレスを汚そうとするなんて！　ひどい！」

　ええっ⁉　どうしてそうなるの⁉

　私はとても驚いた。今の私は怪我をした子犬のことでいっぱいで、リゼットのドレスのことは全く頭になかったのだから。だけど、完全に誤解されているわ！

「ち、ちがう、そうじゃなくて、この子を助けてほしくて……」

「やっぱりルーツィアは、私のことが嫌いなのね！」

……確かに、リゼットは見たことのない新しいドレスを着ていた。だけどリゼットはいつだってドレスを作ってもらっていて、見たことのあるものを着ている方が珍しかったし、全然気がつかなかった。

　でもそんなことリゼットには分かりっこない。私は慌てすぎていて、リゼットからすると、まるでこの子犬を押し付けるような形に感じたのかも？　と気がついた。

　私だって、さっきこの子を見つけた瞬間は驚いて、すぐには怪我に気がつかなかったもの。この子の毛は真っ黒で、血の赤い色が少し分かりづらい。私はいつもリゼットに誤解されるようなことばかりしてしまっているみたいだから、今回も嫌がらせをしようとしていると勘違いされてしまったのかも……。

　そう思い、必死で言いつのる。

「あのね、そんなつもりはなかったの。だけど、誤解させてしまったのならごめんなさい。気をつけているつもりなんだけれど、私は口下手みたいで、いつもあなたを不快にさせちゃっているわよね。これからはきっと気をつけるから、だから、お願いだから今だけは私の言葉や行動にはいったん目を瞑って、この子を診《み》てあげてくれないかしら？」

子犬はもう鳴き声を上げる気力もないようで、静かに私の腕に抱かれている。

怪我をしているの、と分かってほしくて、血が出ている脇腹のあたりが見えやすいように、少しだけリゼットに近づいた。

私が一歩近づくと、リゼットは一歩後ずさる。

「ルーツィア、どうしてやめてくれないの⁉」

だめだわ、伝わっていない。これって私の日頃の行いのせい？　いつもリゼットに誤解させてしまっているから、だから私はこの子を助けてもらうこともできない役立たずなの？

「何をしているんだ！」

いつものように、リゼットの声を聞きつけてお父様がやってきた。もめる私とリゼットを見て、リゼット付きの侍女が呼んできたらしい。

いつもならば反省の気持ちを込めて逃げ出したりしないけれど、時間が経てばたつほど子犬は弱っていってしまう。私は自分がどんどん悪い子になっていくような心苦しさを感じながら、踵《きびす》を返してその場から逃げ出した。

私は自分の部屋に駆け込み、隠しておいた救急箱を取り出す。怪我をしてしまってもお医者様に診てもらうことはできないから、必要な時には自分で手当てができるように、少しずつ倉庫から集めておいたものだ。

傷口を濡らしたタオルで洗った後、薬を塗って、包帯を巻く。

「本当にごめんね……あなたを見つけたのが私じゃなくてリゼットなら、すぐに元気にしてもらえたのに」

自分が情けなくて、子犬が可哀想で、涙が出てくる。

どうかこの子の怪我がすぐに治りますように。痛くなくなりますように。

痛くないように優しく子犬を撫でながら、心の中でそうお祈りして、ボロボロ泣いた。

ふと気がつくと、私の涙で包帯が濡れている。ああ、私ったら本当にダメな子だわ！　せっかく清潔な包帯を巻いたのに、これじゃあ良くなるものも良くならない。すぐに包帯を巻き直すと、落ち着かなくちゃと子犬を抱いたまま目を瞑る。

すると、子犬は私の涙でべしゃべしゃになった顔をぺろぺろと舐めてくれた。

「ああ、あなたはとっても優しいのね。それに怪我が気になって気がつかなかったけど、とっても毛がフワフワしていて可愛いわ。フワフワって呼んでもいい？」

「きゅううーん！」

「フワフワ、早く元気になってね」

幸い、思ったよりも怪我がひどくなかったのか、フワフワは数日で走り回れるようになった。

私の狭い部屋の中を、それでも元気いっぱいにはしゃいで回るフワフワが可愛くて可愛くて。

何もないところで足をもつれさせてコロンと転がったり、勢い余って私の体に突進してコロンと転がったり、すぐに転がるころころとした可愛い子だったフワフワ。そんな風にとっても無邪気で元気な子だったのに、なんとなく私の置かれた空気を理解しているのかと思う程、部屋の中では鳴き声を上げることもなく、静かにしてくれていて……。私がその存在に、どれだけ心救われていたことか。

　そのまま部屋で一緒に暮らしたかったけど、こっそり飼うのはやっぱりどうしても難しくて、だけどきっと許可はもらえないだろうと分かっていたので、元気になった時点で泣く泣く森に連れ帰った。

　……フワフワを見つけたのが私じゃなくてリゼットだったら、屋敷に迎えられたかもしれないけれど。

◆◇◆◇

『ルーツィア！　やっぱり、ちゃんと我のことを覚えていてくれたんだな！　あの時、ルーツィアが我の傷を治してくれなかったら、我は生きてはいなかったかもしれない』

「傷を治すって……簡単な手当しか出来なかったのに……」

『何を言っているんだ？　優しい涙に魔力をのせて、我の傷を癒してくれただろう？』

「まあ……！」

そんな風に言ってくれるなんて……！　フワフワはなんて優しい子なんだろう？　私は自分が不甲斐なくて、フワフワに元気になってほしくて、ただ泣いてお祈りすることしかできなかったのに。フワフワの言葉で、あの頃の自分を情けなく思う苦しい気持ちが報《むく》われていくような気持になる。だけど、私のつたない手当でもフワフワを助けられて本当に良かった。

――それからも森に会いに行ってはフワフワと遊んでいたのだけど、ある日を境に、ぱたりとフワフワは私に会いに来てくれなくなったのよね。

あの時はすごく寂しくて悲しかったのだけれど……。

なんだか全然よくわからないけど、色々と事情がありそうだわ。

そう思い、私は困った気持ちで、崩れ落ちているセルヒ様を見つめた。

◆◇◆◇

ルーツィアが俺のことを心配そうに見ていることには気がついているが、動悸《どうき》が止まらない。

俺は数年前、愛するルーツィア嬢をあのリーステラ家から救い出したくて、彼女を魔塔に迎え入れるべく準備を整え、あとはリーステラ家の者の承諾を得るのみという状況で師匠オーランドとともに訊ねて行った。

しかし、リーステラ夫妻と、彼女の兄という男になぜか拒まれた。

ふざけるな！　どうしてだ！　あれだけ冷遇しているくせに！　大喜びでルーツィアを引き渡

してくると思っていたのに……そうされていたらされていたで、狂おしいほど腹が立ったとは思うが。

おまけにこちらを警戒してか、わざわざ高い魔道具を用意して結界を張られ、リーステラ家の様子を見ることもできなくなってしまった――。

ルーツィアは泣いていないだろうか。また傷ついていないだろうか。やっと彼女を魔塔に迎え、もう悲しむことはないのだと言ってあげられると思っていたのに。いつだって俺が側で彼女を守ってあげようと思っていたのに……。

これでは、ルーツィア嬢が危ない状況に陥ったとしても、気づくことすら難しい。

ノースは「無関心な娘とはいえ、夫妻はルーツィアを政略結婚にでも使おうと思っているのではないか」と予想していた。真実は分からないが、そう間違っていないのではないかと思う。本当に彼女が大切で手放すのを惜しんだのだとすると、彼女を冷遇し、苦しめていることへの理由がつかないのだから。何度考えても忌々しい！

……しかし、結果的に俺が事態を甘く見て、行動を急いだせいで、彼女を救うどころか、彼女のよりどころでもあったはずの、この魔獣との交流さえも断絶させてしまう結果になっていたとは……‼

すれ違いを絶対に許さないと誓っているはずなのに、俺のせいで魔獣とルーツィア嬢の美しき絆を物理的にすれ違わせてしまった！

俺は……なんと愚かな真似をしてしまったんだ……‼

なんとか気力を振り絞り顔を上げると、ルーツィア嬢は彼女がフワフワと呼ぶ魔獣の尻尾を両手で鷲掴み、モミモミしていた。可愛い。あとズルい。魔獣め……雄だったら許されないところだった。雌だし、ルーツィア嬢がそれを望んでいるようだから許されているが、それでもギリギリだ。ズルい。

けれど、フワフワに触れている時の気の抜けた様子のルーツィア嬢は可愛い。多分あれ、無意識でやっているぞ。どうやら何か考え込んでいる時や、気持ちを落ち着けたい時などに、名前通りフワフワなあの尻尾を差し出されると掴まずにはいられないらしい。可愛い。気の抜けた姿もあんなに可愛いってすごい。俺にも尻尾が生えていれば良かったのに。……魔法薬で生やせるか？

俺に魔法の才能があったのはそのためだったのでは……？

——って、違う！　今はそれどころではない！

まずは俺の愚かさを告白し、懺悔して、許しを乞わなくては……。

そんなつもりはなかったとはいえ、彼女を悲しませる原因を作ったのは間違いなく俺なのだから。

そのためには俺があの恋の底なし沼に落ちた瞬間の話をしなくてはならないだろうか。今、まだ彼女の気持ちが俺にはない状態で、決定的な話をするのは時期尚早《しようそう》かつ負担になるのではないかとあえて避けていたのだけれど。

しかし、そうは言っていられない。意を決して口を開こうとして——その前に、魔塔の中に爆発音が轟いた。

「きゃあっ!?」

怯えるルーツィア嬢が悲鳴を上げると、フワフワが彼女を包み込むように身を寄せた。だからズルい！

それにしても、今の爆発音は、間違いなく——彼が帰ってきたのだ。

なんと、タイミングの悪いことだ。無視しようかと思ったけれど、ルーツィア嬢が爆発音のせいでその出所をしきりに気にするので、彼女を連れて部屋を出た。しなければならないことは多い。懺悔とか、告白とか、彼女へのアピールとか。しかし、どれも今この瞬間の彼女の不安を取り除くことより優先度は低い。全てはルーツィア嬢のために。と、言いたいところだが結局は自分のためだな。俺はルーツィア嬢に何かできること、何かすること、彼女のことを考えることが何よりも幸せなのだから……ふっ。

並んで歩きだすと、ルーツィア嬢は少しびくびくとしながら、俺の差し出した手をぎゅっと強めに握った。幸せだ。

尻尾は掴んでもらえても、手を握って歩くことはできまい！

そう思い、（勝手に）ライバル（として認識している）フワフワに向けてニヤリと笑って見せた。ルーツィア嬢の向こうにいるフワフワは彼女に気付かれないように、一瞬だけ威嚇するように俺に向かって歯をむき出しにして見せた。面白い、それでこそライバル。種も性別も関係ない。

彼女への愛は誰にも負けん。

はあ、仕方ない。あまり気は進まないが、行くか……。

魔塔一階エントランスには、すでにそこそこの数の魔法使いたちが集まっていて、その中心に彼はいた。

「やあやあ！　我が弟子セルヒよ！　敬愛する師匠が帰ったよ～さあ、存分に歓迎しておくれ～」

我が師匠、オーランド。

彼の前には古い書物がいくつも置かれている。オーランドは魔法書が好きで、任務のついでに古今東西あらゆる時代のあらゆる言語で書かれた魔法書を見つけ出しては、興味があるものや解読できないものなどをこうして持ち帰ってくるのだ。

「……」

オーランドは少しノースに似ている。二人ともノリがちょっとうざい。

「えっ、なんか俺の悪口考えてない？」

「考えていない。自意識過剰だろ」

いつのまにか隣にいたノースが非難の目を向けてきたので否定しておく。

オーランドは俺の返事がないことも気にせず、ルーツィアとフワフワに視線を向けた。

やっぱり気は進まないが、ルーツィアと出会えたのも、こうして魔塔に迎えられたのもオーランドのおかげという部分がある。紹介するか……と考えていると、ルーツィアが驚いたように声を上げた。

「まあ⁉」

「っ⁉　どうかしたのかい、ルーツィア嬢？」

慌てて彼女を見ると、目をキラキラと輝かせている。その視線は、オーランドが今回持ち帰った古い書物を捉えていた。

「あっ、すみません……」

つい声を上げたことを恥ずかしがるルーツィア嬢。可愛い。恥じらう顔もとんでもなく可愛い。すごい。

「いえ、懐かしくてつい。小さな頃に読んだことがあったものばかりなので……」

「……これを、読んだことがある？」

オーランドが呆然と呟いた。

おそらく、自分がとんでもない発言をしたと気がついていないルーツィア嬢は、昔を懐かしむようににこにこと微笑んでいた。

色々言いたいこと、聞きたいことはあるが――とりあえず可愛い。

第五章　こんな私でもお役に立てますか？

爆発音の正体はどうやらセルヒ様のお師匠様である、オーランド様という方が魔塔に戻られた音だったらしい。

どうして爆発音？　と不思議に思っていたら、なんと魔塔の石造りの頑丈そうな壁の一部に大きな穴が開いていた……！　こ、これって、オーランド様が開けちゃったのかな⁉　ひょっとして、さっきの爆発音ってこの壁を破った音だったの……？　つまり、オーランド様は壁をぶち破って帰っていらっしゃった……？

私はとんでもなく驚いていたのだけれど、皆さん平然としていたから、気にすることではないのかも。つまりこれが平常運転ってことだよね？　やっぱり、魔塔ってすごい……。

それにしても、天才魔法使いと名高いセルヒ様のお師匠様だなんて！　きっとオーランド様もとってもすごい人に違いないよね？

どうやってご挨拶しよう、できればいい印象を持ってもらいたいし……と緊張し始めている私の目に、オーランド様の前に置かれているたくさんの本が映った。

……あれは？

じっと見てみる。そのどれも見覚えがあることに気がついた。

「まあ⁉」

「っ!? どうかしたのかい、ルーツィア嬢?」

私の声に驚いたセルヒ様に、心配そうに声をかけられる。しまったわ。驚いて、思わず声が出てしまった。驚かせてしまったわよね、恥ずかしい!

だけれど心配させてしまったままではいけないので、恥ずかしさをなんとか堪えてお答えする。

「いえ、懐かしくてつい。小さな頃に読んだことがあったものばかりなので……」

そう、何冊かある古い本は、そのどれもが小さな頃にリーステラの屋敷で見つけて読みふけった、お祖父様の古書と同じものだった。幼い私はその古書を読むことでしか魔法のお勉強ができなくて、必死になって、何度も繰り返し読んだからよく覚えている。表紙を見れば、その中身がすらすらと浮かんでくるほどに。

オーランド様が私の言葉に驚いていることにも気がつかなかった。本当は黙っていた方が良かったのかもしれないけれど、恥ずかしさを引きずっていた私はなんとなくその気持ちを誤魔化したいのもあって、なんでもないように言葉を続けた。

「どれも、リーステラの屋敷にあったお祖父様の集めた古書と同じものです。あれは魔法陣について、そっちは実践的な魔法学の本ですね、懐かしい! すごいですね、セルヒ様のお師匠様と私のお祖父様は、とっても本の好みが似ていらしたのかも」

嬉しくなってにこにこと話していると、セルヒ様が恐る恐る私に尋ねた。

「君は……これが読めるのかっ?」

「えっ?」

その時になって、初めてセルヒ様やそのお師匠様、それから他の魔法使い様たちが驚いたように私に視線を向けていることに気がついた。

え……私、ひょっとして何か言ってはいけないようなことを言ってしまった……？

周りの予想外の反応に、さっきまでの恥ずかしさなんて一瞬で引っ込んで、あっというまに血の気が引いてクラクラしてくる。

ど、どうしよう……何が何だか分からないけれど、すごい空気だわ。私、怒られてしまう？

いいえ、もしも魔塔から追い出されてしまったら……！

「す、すみませ――ひゃあっ!?」

とにかく謝らなくては！　と焦って頭を下げたけれど、そのままの姿勢で横からオーランド様の腕の中に抱き抱えられてしまった。

へっ!?

「すごい！　すごいよ！　君、ルーツィア嬢だよね!?　ああ、なんてことだろう？　神様は君を僕に遣わせてくださったんだ！」

「……え？」

さらなる予想外の反応に目を白黒させていると、私を抱きしめていたオーランド様の腕はすぐに離れていった。というか、セルヒ様がオーランド様の襟元《えりもと》を後ろから掴み、私から、こう、べりっと！　引きはがしたのだ。

す、すごい扱いだわ。オーランド様って、セルヒ様のお師匠様なのよね……？

「ぐえっ！　セルヒ、師匠に対してなんてことするのさ！」

「いかにオーランドといえど、無暗にルーツィア嬢に触れるなど許されるとでも？」

「うわ、心せまっ……」

……よく分からないけれど、怒られる雰囲気ではなさそうで少しだけ息がしやすくなった。

よく考えてみれば私、魔塔に来てから誰かに怒られたことなんてないのに、すぐに怒られてしまうのではないかって怯えてしまうの、セルヒ様や他の皆様にも失礼よね……。

そんなことを考えていると、オーランド様は私に改めて向き直り、ニコリと微笑んでくださった。

「改めて、私はそこのセルヒの師匠であり、偉大なる魔法使いのオーランドだよ！　よろしくね、ルーツィア嬢」

「は、はい、ルーツィアです！　よろしくお願いいたします」

緊張しながらもぺこりと頭を下げると、「うーん、素直ないい子だね！　癒し～！」というなんとも軽い声が飛んできた。

「さて、ルーツィア嬢。さっき君は私が持ち帰ったこの古書たちを読んだことがあると言ったね？」

「はい」

「ルーツィア嬢は、どうやってこの古書たちを読めるようになったんだい？　誰かが読み方を教えてくれた？」

「い、いいえ、あの」

　誰にも教えてもらってはいない。むしろ、古書の読み方に限らず、私に魔法についての何かを教えてくれる人なんていなかった。普通の魔法書はリゼットがよく使うリーステラ家の図書室にあって、なかなか私が読めるような機会はなかったし。だから、誰も近寄らないホコリに塗《まみ》れた狭い部屋――亡くなったお祖父様のコレクションを詰め込んでいる部屋にあった基本の魔法書と、古書ばかりを読んでいたのよね。

「読み方は、教わっていません。あの、よく見ると、文字にも色があることに気がついたので、普通の魔法書の文字と古書の色を見比べて、同じ単語や同じ意味の呪文を覚えて、少しずつ、読めるようになりました……」

　言いながら、あれ？　と思う。

　魔法の色は、普通は目に見えないって言っていた。つまり、誰にも聞けないからと色を見比べて単語を覚えた私のやり方って、普通じゃなかったってことだよね……？

　そんな疑問を裏付けるように、オーランド様は感心したように言った。

「君は分かっていないだろうけれど、それはとても素晴らしいことなんだよ。なんたって、この古書は今では読める人が誰もいない、古の魔法言語で書かれた特別な物なのだから」

「……え？」

　読める人が誰もいない？　言われた事実が上手くのみ込めなくて、ポカンとしてしまう。

　セルヒ様はそんな私の手を取ると、微笑みながら言った。

「ルーツィア嬢、君が特別で素晴らしい人だということは分かっていたけれど、俺が思うよりずっとずっと、君は素晴らしい才能を持っているんだね。これはとんでもないことだ、規格外の才能だよ！」

その言葉が、私の中にじんわりと沁み込んでいく。

素晴らしい、規格外の、才能……。

落ちこぼれだって、無能なダメ令嬢だって言われ続けてきた。

だけど、私には才能があるって、セルヒ様は言ってくださっているのだ。

嬉しい……。

正直言って、実感なんて全然ない。何がすごいのかもよく分かっていない。だけど、私を見るセルヒ様やオーランド様の目が、そして驚いたような魔法使い様たちの、私を嫌悪しているわけではない空気が、私のことを肯定してくれているように感じる。

気がつけば、私は口を開いていた。

「だったら……私も、セルヒ様のような魔法使いになれますか……？　セルヒ様の、お役に立つことはできますか？」

私の言葉を聞いたセルヒ様は、とても驚いたようで目を丸くした。

その目を見ながら、私は初めて自分の気持ちを自覚した。

そっか。私、役に立ちたかったんだ。それも、できることなら他でもない、セルヒ様の……。

そして、今の私の中には、それができるかもしれないというキラキラとした希望に溢れていた。

私の言葉を聞いたセルヒ様は、パッと表情を明るくし、頬を紅潮させた。

「ル、ルーツィア嬢！　それなら俺が片時も離れずに君の隣にぴったりと寄り添って――」

「うーん、それなら、しばらくは私がルーツィア嬢の面倒をみようか」

私は思わずぱちぱちと目を瞬いた。

今、セルヒ様は何か言いかけていなかったかしら？

けれど、いつもの私ならきっとセルヒ様がなんて言おうとしたのかが気になるはずなのに、今の私の心はそれ以上に、セルヒ様の言葉を遮るようにオーランド様が言った内容に強く惹きつけられた。

……今の流れで、面倒を見てくださると言うことは、それって私の勘違いでなければ、オーランド様が私に魔法を教えてくださると思っていいということ、だよね……!?

なんてこと！

「オーランド!?　ルーツィア嬢は俺が――」

「本当にいいんですか!?　天才魔法使いと言われるセルヒ様の、お師匠様に魔法を教えてもらえるなんてっ！　本当に、本当にいいんですか!?　――あっ、すみませんっ、セルヒ様、なんて仰いました？」

しまった！　興奮のあまり今度は私がセルヒ様の言葉を遮ってしまったわ！　なんて失礼なことをしてしまったんだろう？

そう思い慌てて頭を下げたのだけれど、セルヒ様は眉を下げて固まってしまった。

「……いや、君が喜ぶなら、オーランドでも……許そう……」

「ええっと……？」

どうしよう。不躾《ぶしつけ》にも遮ってしまったばかりに、セルヒ様が何を言ってるのかさっぱり分からない。

戸惑う私をよそに、オーランド様は吹き出しながらセルヒ様の肩をポンと叩いた。

「ぶぷっ！　いやあ、我が弟子が振られる姿は面白いね～！　まあ片時も離れずルーツィア嬢の側にいたい上に、いかに相手が私と言えども可愛い彼女の側に男がいるのが嫌だという気持ちは分かるけどね？　ここはどう考えても私が適任だと思うよ～？」

「オーランドうるさい」

「ルーツィア嬢が基本的な魔法を使えるようにするのがまず第一だからね。それにどうにも彼女は規格外のようだから、いろんな事態に対応できるスペシャルな魔法使いの私がこの魔塔の誰よりもふさわしいよねー。お前はしばらく現場に出ることが多くなるんだから、諦めなさい！」

「オーランドうるさい」

「ちなみにお前が見たこともないほど感情をあらわにしていて私はとっても驚いているよ」

セルヒ様は不満そうにムスリと顔を顰めて、うるさいとしか返さなくなってしまった。まあ！いつだって私の前では優しくて紳士的なセルヒ様も、お師匠様の前ではなんだか少し子供のようになってしまうのね！

意外な一面を見れたことが嬉しくて、つい顔が綻んでしまう。

それにしても、オーランド様がおっしゃった『現場』って、どういうことだろう？

私の疑問を読み取ったかのように、セルヒ様をからかっていたオーランド様は私に向かって微笑むと、説明してくれた。

「ルーツィア嬢はまだ知らないかな？　外での仕事、特に魔物を相手にする仕事にでることを現場に出ると表現したりするんだよ」

「ま、魔物の相手ですか」

ということは、セルヒ様はしばらく魔物の討伐のお仕事をするということだろうか。

オーランド様は困ったような顔でハア、とため息をつく。

「最近ねえ、なんだか変異種の魔物がとても増えていてね～。どんな魔物の相手でも危なげなくこなせるセルヒが対応するのが一番なんだよねえ」

オーランド様によると、魔塔の魔法使い様が現場に出ることは常日頃から少なくはないのだけれど、通常は、対する魔物によって、その相手をするのに適した属性を得意とする魔法使い様が対応に当たるらしい。

けれどさっきもおっしゃっていたようにここ最近なぜか変異種の出現が増えているために、魔物の特性や弱点がハッキリしないことが多く、必然的に全属性を使いこなし、どんな魔物の相手でも可能なセルヒ様が現場に出ることが増えているのだとか。

「変異種が増えているって、つまり異常事態ということですよね……？」

いくらセルヒ様とはいえ、そんな中で怪我をしてしまったり、危ない目にあってしまう危険はないのかしら……？

そう不安に思う私に、心配ないのだとセルヒ様が答えてくれた。

「最近の任務としては討伐というよりなぜこの事態が起きているのか調べるのがメインなんだ。つまり魔物の相手自体には余裕があるから、俺が危険な目に遭うような事態にはならないよ」

「そうですか……よかった……」

「――っぐ、うっ、俺の心配をするルーツィア嬢、尊すぎないか……！」

「あはは！　セルヒ、良かったね～！　弟子が幸せそうで私も嬉しいよ」

「オーランドうるさい」

「なんで⁉」

とにかくセルヒ様なら大丈夫だということでホッと安心はしたものの、それでも異常事態というからにはやっぱり大変であることには違いない。

それなら、頑張って早く魔法を使えるようになって、少しでもセルヒ様のお手伝いができるようになったらいいな……！

密かにぐっと両手を胸の前で握り、意気込んだ私は、これからのことに思いを馳せていて。

私やオーランド様と話しているセルヒ様の様子が今までとあまりにも違う、と、他の魔法使い様たちが言葉を挟むことも忘れて唖然《あぜん》としていたことには、全く気づかなかったのだった。

◆◇◆◇

訓練場の真ん中で、オーランド様はどこか面白そうに首を傾げている。

「ルーツィア、君はとても有能だけれど、それと同じくらい、とても繊細な子だね～」

あれから五日経ち、オーランド様は本当につきっきりで私に魔法指導をしてくれていた。

オーランド様は口調と同じく軽やかな人で、すぐに私をルーツィアと親しみを込めて呼んでくれるようになった。そのどこかのんびりとした雰囲気のおかげで、私ものびのびと魔法の練習をすることができているのだけれど……。

「こーんなに魔力操作がうまくて勘がいいのに、攻撃魔法が一切使えないなんて！　わははは！　これは予想外だ～」

「す、すみません……」

そう、私はどんなに頑張っても、ごく簡単な攻撃魔法さえ全然使えるようになれずにいたのだ。今だって、一番簡単だと言う炎の初級攻撃魔法を何度も試してみているのに、全くできないでいる。

攻撃を意図したものでなければ、どの属性も比較的思い通りに扱うことができるのに。これは自分でも予想外のことだった。

基本的な魔力操作から、魔法の発現まで、とてもとてもスムーズにいっていた。だから、きっとこのまま順調にどんな魔法も使えるようになるのでは？　と、実はちょっぴり期待していたのに。ここにきて完全に行き詰まっている。おまけに全く出口が見えない迷宮に迷い込んでしまったかのように、手応えすら少しも感じない。こんなのってないよ……！

「きっと、ルーツィアの深層心理が誰かを傷つけることを拒んでいるんだろうねえ」

「そんなっ、こんなにやる気満々なのに……」

「心の奥底にある本音って、意外とコントロールできないものだからね〜。まあ、攻撃以外がそれほど器用にできるなら、そこまで気にする必要もないさ。それってすごいことだよ？　君はやっぱり才能に溢れている。魔塔には現場に出ずに研究ばかりしている魔法使いもたくさんいるよ〜？」

　オーランド様はなんてことないようにそう仰るけれど。

「いえ……それじゃあ……だめなんです……」

「うーん、ルーツィア、やっぱり現場に出たいんだねえ」

　魔法を教えてもらいはじめてすぐに、オーランド様に聞いてみたのだ。どうすれば私も魔物を相手にする現場に出られますかって。

　基本的に必ずクリアできないといけないことは二つあって、自分の身を守ることができることと、最低限攻撃魔法が使えるようになることだとオーランド様は答えてくれた。

　私は……私は……どうしても魔物討伐の現場に出たい。

　そして少しでもいいから、セルヒ様のお役に立ちたい。

そりゃあ、当然セルヒ様には私の助けなんていらないと分かっているのだけれど。

だけど、セルヒ様が魔物討伐に行く機会が多いなら、私もついていきたい。オーランド様が言ってくれるように私に才能があるなら、セルヒ様の側で何かできることを見つけることもできるかもしれない。

そう思っていたのに。

「結局、私はやっぱり役立たず……」

自分が情けなくて不甲斐なくて、涙が込み上げてくる。

いけない！　ただでさえダメダメなのに、こんなことで泣いちゃうなんて、どう考えたって面倒くさいやつだ！

そう思うのになんだか止められない。魔塔にきてみんなが優しくしてくれて、気が緩んでしまっていたみたいで。前はどんなに悲しくても辛くても我慢できたのに、すっかり我慢の仕方が分からなくなってしまっていた。

せめてオーランド様に顔が見られないように、私はぐっと両手でスカートを握って俯く。

「あ！　わっ、ルーツィア!?　何も泣かなくても……」

「う、うう～……ご、ごめんなさい。ダメな子でごめんなさい……面倒くさい子でごめんなさい……」

「いや、君は全然ダメなんかじゃないし、面倒くさくもないんだけどね～。ただセルヒにめちゃくちゃ怒られそうだなってだけで……それにしても、そうやって感情を表に出していけるようになってきたこと自体は、むしろ喜ばしいことかなあ」

「う〜〜〜」

こ、こんな時まで優しい……！

リゼットやお父様やお母様に辛くあたられたときには我慢できたのに、優しくされると我慢できずに泣いてしまう。こんなの、初めて知った。

いやいや、そんなこと考えてる場合じゃないっ、早く泣き止《や》まなくちゃ！

「よし、もう泣いちゃったことだし、気がすむまで泣きなさい〜泣くとスッキリするからね〜って、わあ⁉」

「へっ⁉」

そのとき、ぶわりと強い風が吹き、私を慰めてくれていたオーランド様がよろめいた。

そしてひとつ瞬きをした次の瞬間、私の目の前には視界いっぱいにフワフワの顔が広がっていた。

『ああ、ルーツィア！　どうした？　泣いているのか？　我が側にいてやるからな！』

フワフワは焦ったように「きゅうん、きゅうん」と鳴きながら、ぺろぺろと私の顔を舐める。

ああ、優しいフワフワは涙を舐めとってくれてるんだ、と理解した途端、フワフワはそのまま顔を横に背けて、フッと小さく炎を吐く。

えっ⁉

アルヴァン様が、フワフワは風魔法を使える魔獣だ、って言ってなかったっけ？　炎魔法も使えたの？

驚いていると、風のように現れたフワフワを追って、アルヴァン様が訓練場に姿を見せた。走ってきたのか息を切らしている。

「はあ、はあ……フワフワがまた風に乗って行ってしまった！　相変わらずとても早くて素晴らしい——って、えええええフワフワが炎を吐いてるーーー!?」

あまりの驚きようにまた倒れてしまうんじゃ!?　と心配になったけれど、アルヴァン様はなんとか持ち堪《こた》えた。

「ぐっ、いつまでもこの世の奇跡を前に意識を失う僕ではない……！　奇跡のその先をこの目で見るためにっ！」

なんだかとてもかっこ良さげなことを言っている。そうだよね、いつだってフワフワについて予想外のことが起こるたびに感激して気を失っちゃうから、誰よりもフワフワを見ていたいはずのアルヴァン様は、誰よりもフワフワのすごいところを見逃しているものね……。

ちなみに、セルヒ様に続いてオーランド様も特殊魔力を使ってフワフワの言葉を聞くことができるようになっている。

だけどそれは天才と呼ばれるセルヒ様と、そのお師匠様であるオーランド様だからできたことのようで、やっぱり他の魔法使い様たちには到底できないことだったらしい。

——と、思ったら、他に例外がただ一人。なんと魔獣との意思疎通《そつう》に並々ならぬ夢を抱いていたアルヴァン様も、丸三日寝ずに訓練し続けて同じことができるようになっていた。

オーランド様いわく、「アルヴァンは魔塔の中でも魔力量が少ない方で、特に特殊魔力はほとんどないはずなのに、変態だよねえ」とのことだ。

本当に、魔獣マニアって呼ばれているのは伊達《だて》ではないわよね……熱意がすごい。

けれど、アルヴァン様が耐えられたのはそこまでだった。

アルヴァン様を見たフワフワは、驚きすぎて涙を止めるのを忘れていた私の頬を舐め続けながらフンッと鼻を鳴らしてみせる。

『あやつは何を言っているのだ？　こんなの奇跡でもなんでもないだろう。我はルーツィアの炎属性の上質な魔力がこもった涙を取り込んで、それを使って炎を吐き出しているだけじゃないか』

「ルーツィア嬢の魔力を取り込んで、本来フワフワが使えるはずがない炎を吐いているだってっ⁉　あああああこれは世界の常識が覆る…………」

アルヴァン様は悲鳴のようにそう叫ぶと、結局いつものようにぱたりと気絶してしまったのだった……。

それにしても、フワフワが今していることって、そんなにすごいことなの……？

私は魔法の訓練を始めたばかりであり、知識も常識も足りていないせいで分からないことだらけだ。

そのため、セルヒ様やオーランド様が褒めてくださるのは嬉しいけれど、すごいすごいと言ってもらえている内容が本当のところどれくらいすごいものなのかも、よく理解できていないままだった。

アルヴァン様が何度も気絶しているフワフワに関することだって同じで、いまいちピンときていない。

　オーランド様はどう考えるべきか迷っている私に気づいたのか、ふむ、とひとつ頷くと、きっと魔法使い様なら誰もが知っているのであろう事実を説明してくれる。

「魔力を他者に渡すことはできる。とても難しいことではあるから、誰もができるわけじゃあないけれど、魔塔の魔法使いなら大半はできるだろうねえ。ただ、属性を残したまま渡すのは不可能とされているんだよねえ」

「えっ？」

「それに、魔力そのものとしてではなく魔力を巡らせた状態で流した涙を介して魔力譲渡するなんて聞いたこともない！　そもそも、セルヒのように全属性を使えるなんて魔法使いは規格外だからね〜！」

な、なるほど。つまりさっきフワフワが私の涙を舐めて炎魔法を吐いたのは、とてもじゃないけれど普通はできないことらしい。

　オーランド様はにこにこと笑みを崩さないまま、私をじっと見つめた。

「うーん、この場合、すごいのはルーツィアなのか、フワフワなのか……判断に迷うところだね〜！」

「え、いや、どう考えてもすごいのは私じゃなくてフワフワです……」

だって私は何もしていないもの。フワフワの言葉を聞く限り、当然のようにそれをやってのけているし。私じゃなくてフワフワがすごいのだということは、疑う余地もないことのように思える。

それにもかかわらず、私がすごいかもしれない可能性を残してくれるあたり、オーランド様は本当に優しいわよね。

そう思っていると、オーランド様は予想外のことを続けた。

「まあでも、すごいのがどちらなのかなんて瑣末《さまつ》な問題だ。これで君の望み通り、現場に出られるね～、ルーツィア！」

「え？　だ、だって、私、攻撃魔法を使えるようになっていないです……」

戸惑いながらもそう返事をすると、オーランド様は軽い調子で「ごめんね」と私に向かって両手を合わせる。

「きっと、私の言い方が悪かったんだねえ。最低限の条件は攻撃魔法を使えることではなくて、攻撃手段があること、だよ～！　君はどう考えても剣術や武術はできそうになかったから、攻撃魔法しか想定していなかったけど」

話を続けながら、オーランド様は私にピッタリと体を寄せているフワフワの頭を撫でた。

『やめろ、勝手に我の頭を撫でるなっ！』

「これだけルーツィアにべったりで、君の危険や悲しみを察知して飛んでくるんだもの。魔獣なのに自在に魔法も使えるし、もはや使い魔と同じ立ち位置と考えても問題はないよねえ。魔法使いにとって、使い魔と契約して攻撃を任せるのは正当な攻撃手段だよ」

「じゃ、じゃあ」

思わず一縷《いちる》の望みをかけてフワフワに視線を向けると、フワフワは自信に満ちた目をしながら顎を上げてみせた。

『ルーツィアの幸せを守るのが我の望み、ルーツィアが遠慮したとしても、我はルーツィアの剣となり、盾となるぞ！』

「フワフワ……！」

頼もしすぎて涙が出そう……！

そんな私たちのやりとりを見ながら、オーランド様は面白そうに笑う。

「フワフワって、本当にルーツィアのママみたいだなあ～。ノースが言ってた通りだ」

あ、フワフワが私のママ扱いなの、オーランド様にも知られてるんだ……。けれど、今はそれどころじゃない。

「オーランド様！　使い魔って、つまり特別な友達になれるってことですよね？　どうやったらフワフワと契約できるんですか⁉」

「友達……ふふふ、使い魔をそんな風に解釈するなんて、さすがルーツィアだね。それに契約はもう――」

すると、契約の詳しい方法を聞きだす前に、さっきまで自信満々だったフワフワがなぜか不思議そうに首を傾げて「くうん？」と鳴いた。

『ルーツィア、何を言っているんだ？　我とルーツィアはもうとっくに契約しているじゃないか？』

「……え？」

　思わぬ言葉に固まった私の頭をオーランド様がポン、と撫でてくれた。

「ふふ！　ルーツィア、使い魔の契約はお互いの同意の上、相手に名前を付けて契約主の魔力を流すことで成立するんだよ！　フワフワって名前はルーツィアがつけたんだよね？　もうとっくに君はフワフワと『特別な友達』ってことだ！」

『そのとおりだ！　ルーツィアは我の特別な存在だからな！　契約によって、我はルーツィアと深く繋がっている。だからルーツィアが恐怖や苦しみを感じれば我に伝わり、すぐに駆けつけることができるのだ！』

　な、なんてこと……！　知らない間に契約してたなんて！

　それから、フワフワの言葉に妙に納得した。そういえば、突然フワフワが私の元に駆けつけてくれたことが何度かあったもんね。きっと何かを察知して心配してきてくれたんだ。そう気づいて嬉しくなってしまう。よく考えると恐怖も苦しみも感じてない時もあった気がするけど……。

　その後はフワフワと私とで協力して魔法を使う練習を中心に行うことになった。

　といっても、フワフワがすごすぎて、私は使おうと思う属性の魔力をひたすら渡すだけでよかったわけだけど。

　例えば、体の中で水魔法を意識して魔力を練り、それをフワフワに向けて放出する。それを受けたフワフワが体に私の魔力を取り込み、攻撃に変換してさらに魔法を放つという具合だ。

　オーランド様にアドバイスをもらいながら、フワフワと何度も何度も練習していくうちに、最初はフワフワに直接触れていなければ魔力を渡せなかったのが、離れていても渡せるように、そのうちに魔力を練った後にフワフワへ意識を向けるだけで魔力を直接フワフワに移せるようになっていく。もっともっと練習すれば一瞬で魔力を渡せるようにもなるらしい。そうすればタイムラグもなく、私が魔法を使おうと意識した瞬間にすぐフワフワが魔法を放つ！　なんてことができるようになるということだった。

　それにしても、フワフワってば本当にすごい！　私との連携じゃなくても風魔法はお手のものなのに、こんなにも私の魔力を簡単に使いこなしちゃうなんて！

「フワフワもすごいけど、ルーツィアもとってもすごいよ！　魔法として放出する前に体内で魔力を属性変換させるなんてとんでもなく難しいことだし、一瞬で使い魔にその魔力を送るなんてことも普通にできることじゃないんだよ〜。それに、それを実現させることができるのはフワフワとルーツィアの絆がとても強く、深いものだからだね。あはは、こりゃアルヴァンがますますおかしくなっちゃうわけだ〜」

「私も、すごい……フワフワとの絆……えへへへへ……」

　オーランド様に言われたことが嬉しくて嬉しくて……そして、私が喜ぶとフワフワも尻尾をブンブン振って、一緒に喜んでくれて。それも嬉しくて、私はもう顔が緩んでしまうのを止められなかった。

◆◇◆◇

「なるほど、それじゃあ、そう遠くないうちに俺は君と並んで仕事ができるかもしれないな」

夜、お仕事が終わり魔塔に戻ったセルヒ様とお茶をしながら今日の話をしていると、セルヒ様は嬉しそうにそう言ってくださった。

夕飯の後にこうして二人でお話しする時間を作るのは、私がオーランド様に魔法の訓練をつけてもらいはじめたと同時に始まった日課だった。

最初にこの時間を持つと決まった時のことを思い出す。

「本当は片時も離れずにルーツィア嬢の側にいたいのに、その幸福でしかない役目をオーランドに譲るのだから、一日のうちに俺だけが持てるルーツィア嬢との時間が欲しい‼」

セルヒ様はそう言って、私の一日のスケジュールの中に、自分とお茶する時間を組み込んでしまったのだ。

まるで自分が私と過ごす時間がどうしても欲しいかのように言ってくださっていたけれど、どう考えても私のことを心配して、この時間をつくってくれているわよね。

訓練場で色々あったあの日、フワフワと私が会えなくなってしまったのは自分のせいだとおっしゃっていたセルヒ様。あのあとなんとなくその話を聞きそびれてしまっていて詳しくは分からないけれど、何かしらセルヒ様が私に対して責任のようなものを感じていることはさすがの私にも感じ取ることができていた。

それに魔塔に来たばかりのセルヒ様の言葉や、ノース様とのやりとりを思い返してみても、多分、私が魔塔に来ることになったあの書類を用意してくれていたのはセルヒ様じゃないかと思う。だからこそ、セルヒ様はここまで私のことを気にかけてくださるのだわ。

優しいセルヒ様。この暖かい場所に私を導いてくれた人。私の悲しいばかりだった日々を、こんなにも鮮やかに彩ってくれたのはセルヒ様だ。

だからこそ余計に私はセルヒ様に対して感謝の気持ちでいっぱいで、どうにかしてセルヒ様のお役に立てるようになりたいと思っていた。

――そう思っていたのに。

それから数日後、同じように二人でお茶をしながら今日の話をする時間に、セルヒ様はなぜか苦虫を嚙みつぶしたような表情で現れて。

「……ルーツィア嬢。嘘偽りのない君の本音を聞かせてほしいのだが。君は…………君をきちんと大切にしてくれるとしたら、リーステラ家に戻りたいか？」

私にとって、あまりにも予想外のことを聞いてきたのだった。

そして、驚きすぎた私は何も取り繕うことができず、どうしてそんなことを聞かれたのかを考える余裕もなく、咄嗟に答えていた。

「えっ！　絶対に嫌です‼」

リーステラ家に戻るなんて、絶対に嫌！

心の底からそう思い、反射的に拒絶してしまったものの、すぐにハッとする。

ひょっとして、セルヒ様は私をリーステラ家に戻したくて、この話を切り出したのかもしれない。

もしもそうだったとしたら、私が嫌だと言ってしまったことで、セルヒ様を困らせてしまうんじゃ……？

さっきセルヒ様は、『君をきちんと大切にしてくれるとしたら、リーステラ家に戻りたいか？』と言った。その言葉からは色んなことが考えられる。

私が魔塔にいること自体が、ただの一時保護のようなものだったら？　特殊魔力についても、私にはあると思っていたと言っていた。

五歳の頃に受けた魔力鑑定で、あとからセルヒ様が気がつくほどの不手際があったのかもしれない。

それならば無能なダメ令嬢だと言われていることをどこからか聞きつけて、正しい道に戻そうとしてくれた可能性もあるわよね。

最初からリーステラのお父様やお母様に、私にもちゃんと魔力があることを伝えて、その魔力を使えるように訓練をさせてくれて、その上でリーステラ家に戻すつもりだったのかもしれない。

一瞬で、色んな考えがぐるぐると頭の中を巡っていく。

待って、そもそも、私がリーステラであまり大切に思ってもらえるような存在じゃないことがバレているっていうことだよね……。

私がそんな人間で、ガッカリされてしまうかもしれない。

セルヒ様はそんな人じゃないのに、そんなことは分かっているのに、悪い想像が止められなくて――。

だけど、そんな今にも昏《くら》い気持ちに沈み込んでしまいそうな私を引き上げてくれたのは、やっぱりセルヒ様だった。

「――ああ、良かった！　万が一ルーツィア嬢がリーステラ家に戻りたい気持ちを抱えていたらどうしようかと思った！」

「……え？」

心の底から安堵していることがわかるその声に、思わず顔を上げる。

すると、セルヒ様は崩れ落ちるように膝をつくと、ソファに額を当てて突っ伏してしまった。

「え、セルヒ様っ？」

「本当に良かった……君は優しいから、俺が最初からリーステラ家には帰らないでほしいと思っていると言えば、帰りたくともその気持ちを抑え込むのではないかと思って聞くべきことだけを尋ねたけど、頷かれてしまったらどうしようと本当に恐ろしかったんだ」

セルヒ様は突っ伏したまま、空気が抜けた風船のように萎んでいってしまった。力が抜けているらしい。

その様子でよく分かった。セルヒ様は私にリーステラ家に戻ってほしかったんじゃなくて、本当は真逆で、戻ってほしくなかったんだ……。

　驚いて何も反応できずにいると、セルヒ様は慌てて顔を上げる。

「ああっ、もちろん、俺は君のやりたいことはなんでもやりたいようにさせてあげたいと心の底から思っているから、もしもリーステラ家に戻りたいならば、ちゃんと戻してあげるつもりだったよ！　………ルーツィア嬢が一人で戻るという条件ではなかったから、俺が護衛としてついていくのもありだと考えていたし」

　ご、護衛!?　セルヒ様が私の!?

　セルヒ様、だんだんと呟くような声色《こわいろ》になっていったから、私には聞こえない独り言のつもりだったのかもしれないけれど、残念ながら聞こえています……。さっきぐるぐると嫌なことを考えていたせいで、身を守りたいという本能のせいなのか特殊魔力が体を巡って、ちょっとだけ聴力が上がっているので。

　ちなみに、特殊魔力は自らの肉体、血、細胞、全てで生み出される魔力なので、生存本能が刺激されると一気に活性化されるのだということは、オーランド様に教えてもらった。こうして冷静に自分の状態を認識できるようになったのも、ちゃんと知識が増えているって感じがして嬉しいわよね。

　って、そうじゃなくって！

　天才魔法使いと名高いセルヒ様が、私の護衛だなんて恐ろしいし申し訳なさすぎる！　さすがに冗談だとは思うけれど、心臓に悪いです。

それよりも、こんなにも私の反応を気にしてくれていたセルヒ様の姿を見ていると、きちんと自分の気持ちを伝えなければという気持ちが湧いてくる。

言葉にしなければ、伝わらない。そして、伝えることはとっても大事。

最近、しみじみとそのことを実感している。

だって、すぐに悪い想像をしてしまう良くない癖がある私だけれど、その想像にとりつかれずに済んでいるのは、セルヒ様が本当はどう思っているか、何を考えてそう言ったのか、きちんと全てを言葉にして伝えてくれているからだもの。

まずは気になっていることから。

「どうして、リーステラ家に戻る話が出たんですか？」

「リーステラ家から、王家に申し立てがあったらしく、文書が届いたんだ」

「申し立て……？」

セルヒ様はまた苦虫を噛みつぶしたような顔をした。

「ルーツィア嬢のリーステラ家からの除籍と、魔塔への引き渡しは手違いである、と異議申し立てをしたらしい」

「えっ」

「もちろん、全て正規の手続きを経て成立しているから、ルーツィア嬢が拒否した時点で申し立ても却下されることになっているんだ。だから大丈夫だよ」

「そ、そうですか……良かった……」

私の顔が強張ったことに気づいたセルヒ様は、安心させるように優しく微笑んでくれた。

「ルーツィア嬢に戻る意思がないなら、何があっても俺が守るから安心して？　怖い話をしてごめんね、さあもう全て忘れてお茶にしよう」

「……はい！」

にこにこと上機嫌なセルヒ様に手を引かれて、いつものようにソファに座る。

セルヒ様が安心してと言ってくれたら、本当に安心できるのだからすごい。

それにしても、どうして今更異議申し立てなんてことになったんだろう……？　リゼットがお父様やお母様にかけあってくれたとか……？　最初は私が署名した書類に不備があって、それによってリーステラ家に何か不都合があったのかもしれない、なんて想像も少ししたけれど、手続きが全て終わってきちんと成立しているということだから、それはないって分かる。

リゼットが、もしも私を心配してくれたのなら、そんな必要は全くないのに。

だって、私は魔塔で幸せに過ごしているんだもの。

でも私も魔塔のことを書物と噂の内容で誤解していたし、リゼットが、私が魔塔で辛い目に合っているのじゃないかと勘違いしていたとしても無理はないわよね……。

だけど申し立てが却下された経緯で私が自分の意思で魔塔に残る選択をしていると分かってもらえるはずだし、今回のことはいい機会だったのかもしれない。

まさか、リーステラ家が私を必要とするはずがないことを知っている私は、わざわざ王家に申し立てがされたなんて聞いても、そんな呑気《のんき》なことを思っていたのだった。

　それに、サインは相談もなく私が勝手にしてしまったとはいえ、書類を準備したのはお父様やお母様、お兄様だったのだから。

　おまけに私は最初から、リーステラ家でいないようなものだったから。

だから、リゼット以外の元家族が私をリーステラに取り戻したがるなんてとてもじゃないけど想像が出来なかったし、私がいなくなった後のリーステラ家がどうなっているのかなんて、考えもしていなかったのだ。

学園の寮からリーステラ家に戻った私は、あまりの憤りに耐えられず、机の上の物を力任せに全てなぎ倒した。

「ひっ……！」

いつもはうっとうしいほどに私に媚を売ってくるメイドが小さく悲鳴を上げ、怯えて部屋から逃げ出すが、そんなことはどうでもいい。

「ルーツィア……なぜ……！」

王宮から届けられたばかりの書状を握りつぶす。

その紙には、ルーツィア自身にリーステラ家に戻る意思がないこと、それにより、ルーツィアのリーステラ家からの除籍、および魔塔への引き渡しを取り下げることはできないことが記されていた。

こんなこと、受け入れられるわけがない。

ルーツィアが望めば魔塔などに留まる必要もなく、リーステラ家に戻って来られるのに……！やはり、リゼットが彼女に余計なことばかり吹き込み、追い詰めたに違いない。

そもそも、除籍の書類は私自身のためのものであり、魔塔へ引き渡す魔法契約書は数年前にあの忌々しい魔法使いが無理やりに押し付けてきたものだ。効力が高い魔法契約書は、契約を交わす前の段階のものであってもそう簡単に破棄することはできない。

そのため、学園卒業後に私がリーステラ家から籍を抜き、ルーツィアの婿として婚姻を交わした後、正式な手続きに則《のっと》って破棄するために保管していたはずなのに。

リセット……あれほどまでに愚かなことをしでかすとは思っていなかった。

このようなことになるのが分かっていたなら、今のような状況を決して許しはしなかったのに……！

当のリセットは、私がいつものようににこやかに対応しないことと、両親がルーツィアがいなくなったことに狼狽《うろた》えの色を見せたことに不満を抱いたようで、自室に引きこもっている。このまま永遠に扉のこちら側に出てくることがなければいいのに。

狼狽えていることからも分かるように、両親にとってもこの事態は想定外だったらしく、珍しいことにルーツィアを取り戻すための私の行動を後押しするように動いてくれた。そのため、すでに受理されている書類に対しての異議申し立てとしては極めて迅速に手筈が整えられたのだ。友人である第一王子が私を哀れがり、口添えをしてくれたことも大きかった。

だから、すぐに間違いは正され、ルーツィアは間もなくこのリーステラの屋敷に戻ってくるのだと思っていたのに。

「ああ……はは。やっぱり荒れているな。ひどい有様じゃないか」

呆れたような声に振り向くと、先程メイドが逃げ出した扉にもたれて、第一王子であり私の友人でもあるレオナルドが立っていた。

王宮から書状が届くこと、その内容を知った上で、私を心配してきてくれたのだろうということは理解できるが、正直なところ今は見たくない顔だ。

「何しに来た」

「私に八つ当たりしても仕方ないだろう。お前が状況を見誤った、それだけだろ?」

そんなことは分かっている。

こんなはずではなかった。こんなはずでは……。

「大体、リゼット嬢を自由にさせていたことが間違いだったのではないか? リーステラ夫妻の歪みを放置していたことも。具体的に動くことで万が一お前がリーステラから追い出されたとしても、どうとでもやりようはあったじゃないか」

そんなことは、分かっているんだ。

たしかにレオナルドの言う通りだった。どちらにせよ、学園卒業後はリーステラから籍を抜く予定だったのだから、追い出される危険を負ってでもリゼットやリーステラ夫妻を力ずくでねじ伏せる選択肢がないわけではなかったのだ。

それをしなかったのは、少しでもルーツィアの側にいたかったからじゃないか。

学園の寮に入り、毎日会えるわけじゃなくとも、会おうと思えば確実に会える距離にいたかったからじゃないか。

おまけにもしも読み違えれば、ルーツィアがより苦しむ状況へと追い込まれる危険だってあった。慎重に行動することを選んだ私を誰が責めることができる?

——いや、こんな風にルーツィアが離れていってしまった時点で、私が間違えていたことは紛れもない事実だ。

「だから、どうやってルーツィアを取り戻すかを考えているんだろうが……」

きっとルーツィアは魔塔で辛い思いをしているに違いないんだ。あの子は気が弱く、自分の考えを言えない子だから。あんな恐ろしい場所にいるしかなくなって、毎日泣いているのではないだろうか。

ああ、早く迎えに行ってやらなければ。

ルーツィアが自ら除籍の書類を使い、魔塔との契約書にサインをしたというなら、おそらくリゼットに騙されて、リーステラ家こそが望んで自分を捨てたのだと誤解しているに違いない。

だからこそ傷つき怯えて、本当はここへ戻りたいのだと言えなかったのだろう。

ルーツィアは、リゼットのどんな悪意に晒されても、歪んだ両親の無関心に傷ついても、いつだって自分が悪いのだと思う優しい子なのだから。

苛立つ私を見て、レオナルドがため息を吐きながらも口を開く。

「……ルーツィア嬢が近々、魔法使いとともに魔物討伐の現場に出るという噂がある」

「は？」

そんな馬鹿な。ルーツィアは魔力ナシだ。だからこそ両親にもリゼットにも、必要以上の蔑みを受けていたのだから。

「最近、魔物の出現報告も多い。だからそれに関わる魔塔の動きも多少は私の耳に入ってくるんだよ。役に立つかどうかは分からないが、知りえる限りは教えてやるから、少しは落ち着け。ルーツィア嬢の本音がどんなものかは私には分からないが、彼女のことを本当に取り戻したいならば苛立つばかりではなく冷静に現実を見ろ」

ルーツィアが魔物討伐に駆り出されるなど信じられない。魔塔の非道な噂はよく耳にするが、まさかそれらが本当だと言うのか？

いや、レオナルドの言う通り、冷静にならなければ。怒りにのまれるばかりではいざという時に動けない。

ルーツィアは必ず、私が助け出す。

閑章▼リゼット　私は誰よりも可愛くて愛されているの！

私――リゼットは、とってもとっても面白くない気分で毎日を過ごしていた。

「お兄様はなんだかイライラしていて感じ悪いし、お父様もお母様もルーツィアのことを気にしていてほんっと気分が悪い！」

こうやって部屋に閉じこもっていてもほとんど様子を見に来ないなんて！　私が部屋から出てこないのよ？　もっと気にしなさいよ！　どうしたのか心配して、私の顔が見られないことを寂しがりなさいよ！

ああ、本当に不満だわ。

大体お父様もお母様も、ルーツィアがいなくなれば喜ぶと思っていたのに。あんな無能な恥晒し、いなくて良かったじゃない？　その証拠に、お兄様が帰ってくるまでいなくなったことにすら気づかなかったくらいなのに、一体何を狼狽えているのかしら？

お兄様だってそうよ。ルーツィアを除籍する書類はお兄様の部屋にあったのよ？

大事に大事に保管されていたのを見つけた時には嬉しくって震えたわ。

お兄様がこっそりルーツィアに優しくしていることがあると気づいていたから、いくら私に見せる優しさのほんの一欠片《かけら》程度だとはいえ、ずっと気分が悪かったのだけれど。あれって哀れみからくる優しさなだけで、そんな優しいお兄様こそが一番ルーツィアを追い出したかったんじゃないのって！

　なのにルーツィアがいなくなったことに気がついたらあろうことか私を睨みつけてきたのよ！　この私を！　それをお父様もお母様も怒りもしないし。はあ、嫌になっちゃう。

　お兄様なりにあいつを追い出す最高のタイミングを考えていたのかもしれないけど、結果は同じなんだからいいじゃない。

　でもまあ、お兄様の部屋から勝手に書類を持ち出したのは悪かったかな？　と思って、気分が落ち着いてからは私から声をかけてあげたのに、なんだかそっけないし。なんなの？

　そもそも、私は望まれて望まれて望まれてこの家に来て、誰よりも愛されている。

　私を産んだママはものすごく美人で、『聖女』と呼ばれて男の人にも女の人にも大人気だったんだって。私はママにそっくりだったから、この家に来てからも可愛い可愛いって評判でずっとチヤホヤされてきた。

　子供はみんな私と仲良くなりたがったし、大人だって私を喜ばせようといつだって必死で。

　ママとパパが死んじゃって最初はすごく悲しかったの。だけど、みんなが私を大好きで喜ばせようとしてくれるからすぐに乗り越えることができたわ。

　それによく考えてみると、一緒にいた最後の方は、ママったらかなり口うるさくなっていたのよね。

『人に優しくしなさい、自分のことばかり考えていてはダメ』

『リゼット、あなたは可愛い子だけれど、だからといって何をしても許されるわけじゃあないのよ？』

あの頃、私まだ小さかったのよ？　幼心にもちょっとうんざりしていたから、あのままだときっととっても厳しくてひどい環境で育てられたかもしれないわよね。そう思えば優しいお父様とお母様に引き取られたのは良かったのかも。

だけど、だけど、リーステラ家に引き取られて、不満に思っていたことが一つだけあったの！

それがルーツィアだった。

えっ、可愛い私がいるのに、ルーツィアがこの家にいる必要、ある？

お父様もお母様も、ルーツィアよりも私のことを愛しているって隠しもしなくて、まあそれは良かったんだけど。お兄様は私を溺愛しながらもルーツィアのことを少し気にかけていて、それは面白くなかった。

おまけに、みんな私に夢中で私を特別に愛していることを隠せないくせに、罪悪感なのかいい人に見られたいっていう気持ちがあるのか、ルーツィアのことも気にかけてあげる人がちらほらいたのよね。

使用人も、親戚も、屋敷にくる大人たちも、同年代のお友達の中にまで！

そんなに気を使って無理に優しくしてあげる必要、ないじゃない？

私はいいの、みんな私に優しくしたくてしょうがなくてしているわけだから。だけど、ルーツィアは嫌々優しくさせていて、そのことがどうしても理不尽に感じて。

だからね、「こんな子に無理に優しくしなくてもいいんだよ」って、分かりやすくしてあげてたの。

　ね、ほら、ルーツィアに無駄に優しくするくらいなら、その分も私により優しくできるでしょ？

◆◇◆◇

　つまんない、つまんない！　ベッドの上でごろごろしながらため息をつく。

「あーあ。また気晴らしに抜け出して街に買い物でも行こうかしら」

　お父様とお母様は私が欲しがればなんでも買ってくれるけど、それとこれとは別で、一人で気ままに安いものを買うのも楽しいのよね。

　だけど私のことを好きすぎる二人が私が一人で出歩くのを許してくれるわけがないから、こっそりと、ね。

　ただ、秘密にしているせいで自由にできるお金がなくて……こっそり、ルーツィアの大事にしているものとかを持ち出して売ったりしていた。だってルーツィアのものだったら、ちょっと何かがなくなったって誰も気がつかないし。

　まあ正直、ルーツィアったらろくなものを持っていないから、大したお金にはならないんだけど。たまに思ったよりもいいお値段で売れるものもあるのよねえ。うふふ！

　誰も様子を見に来ないのはムカつくけど、抜け出す時には好都合かも。まあ、そのために「そっとしておいて、放っておいて！」って言っておいたんだけど。それにしても普通気にしない？

ああ、自分の気持ちが矛盾していることはね、私だって分かっているのよ。揺れ動く自分の気持ちが悩ましい。愛されているって幸せだけれど、色んな人の私を思う気持ちを気にしなくちゃいけなくて大変だわ。

私は自室をそっと抜け出すと、売れそうなものを見繕うために、ルーツィアがよく分からないものをためこんで入り浸っていた、ホコリくさくて小さな部屋に向かった。

今日は、私が魔塔に来て初めて街に買い物に出る予定になっていた。

……の、だけど。

「ルーツィア嬢、本当に大丈夫かい？　やっぱり日を改めた方が……ああ、どうして俺は今日に限って魔物討伐の後始末が入っているんだ……ノースだけで良くないか？」

「俺だけでいいわけないでしょ〜！　諦めな、セルヒ！　ルーツィア嬢にはグレイスがついてるんだから、お前と二人よりもよっぽど安心だよ」

「なんだと？」

暗い表情であまり機嫌が良くなさそうなセルヒ様と、そんなセルヒ様を呆れたように見ているノース様のやりとりにヒヤヒヤとしてしまう。

ど、どうしよう。やっぱりやめた方がいいのかな？

オーランド様から「そろそろ魔物討伐の現場に出てもいいかもね、もちろん、最初は相手が弱い魔物のとき限定で」と言ってもらえて、その準備も兼ねて必要なものを買いに行くことになったのだけれど。本当は他の魔法使い様がもう使わなくなったお古の道具を譲ってもらうのもありなんだと聞いている。

グレイス様がせっかくなら新しいものを買いに行こう！　と誘ってくれたんだけれど……やっ

ぱり、私なんかがわざわざ新しいものを用意するだなんて、贅沢すぎたかな……。

　そんな風に不安になっていると、私の表情に気づいたセルヒ様が力なく微笑む。

「ごめんね、快く送り出してあげられなくて……だけどそれはルーツィア嬢に対してどうとかじゃなくて、俺のただのわがままな気持ちのせいだから」

「えっ？」

「魔塔へ来てから、ルーツィア嬢が初めて出かけるんだ。……俺がルーツィア嬢をエスコートしたかった……！」

「ええっと？　っ、ひゃっ！」

　驚いて顔を上げて、思わずうわずった声が出てしまった。セルヒ様がとても潤んだ瞳で私を見つめていたからだ。

　セルヒ様は時々、私と目が合う時にこういう目をしている。その目で見られると、なんだか心がざわざわして落ち着かなくなってしまうのよね。

　今もほら、なんだかむずむずするような、くすぐったいような、おかしな感覚に襲われてしまっている。

　私ったら、どうしたのかしら……。

　最近は目が合うどころじゃなくて、ただ遠くからセルヒ様の姿を見つけただけでもこうなる時があるのよね……。

　考えていると、心当たりを見つけて、思わずハッと息を呑む。

　も、もしかして、何か良くない病気だったらどうしよう……⁉

　もしも病気だったら、魔法の訓練もお仕事もひょっとしたらできなくなっちゃうかも……⁉

「もーセルヒ、いい加減にしなさいよ〜？　今日はこのグレイス様がルーツィアちゃんとデ・エ・ト！　するんだから、あんたはさっさと仕事に行きなさい」

「は、は⁉　デートだと⁉　お前がその認識ならなおさら二人にさせるわけにはいかないだろうが！」

「はいはいはい、何を言ってもお前は仕事だからね？　グレイスもわざと煽《あお》るのやめな〜？」

　それに、まだ魔塔に来たばかりなのに、もしもこのまま悪化して寝込むようになったとしたら……どう考えても迷惑！　そんな迷惑かけられないわっ！

「ノース！　俺には仕事よりもよほど大事なことがあるんだ」

「はああ？　それで許されるわけないだろーが！」

「ぷぷぷ！　仕事しか興味ないと思われてた冷酷魔法使いセルヒが！　こんなこと言うなんて！あ〜面白いっ！」

「グレイスもやめろ！　被害にあうのは俺なんだからなー！」

　でもでも、まだ病気だって決まったわけじゃないし……とにかく、お医者様に診てもらうにしても、まずは相談だよね……。

　うん、まだ分からないし！　私の勘違いかもしれないものね。急に環境が変わって疲れてしまっているのかも。

とにかく、一度グレイス様に相談して、もしもどうしたいか聞かれたらお医者様に診てもらいたいですって言おう！　我慢してもしも倒れちゃったりなんかしたらもっと迷惑だもの。早めに自己申告しなくちゃ！

「――ねえ、ルーツィアちゃんはどう思う？」

⁉　ぐるぐる考え込んでしまって全然聞いていなかったわ！　とにかくちゃんと答えなくちゃ……！

「は、はい！　お医者様に診てもらった方がいいと思います！」

あ、あれ、慌てすぎてちょっと言い間違えちゃったけど……伝われば大丈夫だよね。

そう思って、焦りながらも顔を上げると、ちょうどグレイス様とノース様がたまらないとばかりに吹き出したところだった。

えっ？

おまけに、なぜか目の前でセルヒ様が崩れ落ちていく。

「なんてことだルーツィア嬢……君まで俺の頭がおかしいと思っているのか……！　まあ確かにおかしくなりそうなほどに俺の頭の中はルーツィア嬢のことでいっぱいだから、間違ってはいないのだが……いや、医者に診てもらった方がいいというセリフは一見辛辣《しんらつ》なようにも聞こえるが、決して俺自身を拒否しているわけじゃあないよな？　むしろ医者をすすめるなんて、ルーツィアは心の底から俺の身を案じてくれている……⁉」

セルヒ様はブツブツと聞き取れない声量と速さで何やら呟いていて、そのうちに段々と表情も明るくなっていった。

　だけど、

「えっ！　あの、なんの話ですか⁉」

　なんだか話が通じていない気がする！　と慌てる私の体に、フワフワが頭をこてんと寄せてくる。

『ははは！　よく言ったぞ！　それでこそ我の可愛いルーツィアだ』

「えっと、私はひょっとして病気になったかもしれないからと思って……」

　ノース様とグレイス様が大笑いしながらセルヒ様をからかっていて、私の声はフワフワにしか届かなかった。

　そんなフワフワも、不思議そうな顔で「わふっ？」と声を上げる。

『病気？　ルーツィアはいたって健康だぞ？　我は名前をもらったから、可愛いルーツィアの身に良くないものがあればすぐ分かる！　安心していいぞ！』

「そ、そうなの⁉　よ、良かったああ～……」

　あれ？

　だけど、それならこの心がソワソワざわざわする感じって、なんなんだろう？

　セルヒ様がノース様と一緒にお仕事へ行くのを見送って、私もグレイス様と魔塔を出発した。

　ちなみに、自分はお留守番だと気づいたフワフワが愕然とした顔で『わ、我も一緒に行けないのか⁉　あの男だけじゃなくて我も⁉』と叫び、「きゅうん！　きゅうん！」と悲壮な鳴き声をあげるのでとても心が痛かった。

　でも、フワフワは体がとっても大きいから、さすがに一緒に行ったら街の人たちが驚いちゃうよ……。

◆◇◆◇

　必要な買い物を終えた私たちは、最近女性たちに人気だというカフェに来ていた。

「ここはね、すごく美味しくてお気に入りで、最近よく来ているのよ～！」

にこにこと笑いながらそう言うグレイス様。

　せっかくだからスイーツでも食べようとグレイス様が誘ってくださったのだ。

　私、リーステラ家にいた時は、たまに街に来ることはあっても、カフェに来たことはなかったのよね。私には友達もいなかったし……リゼットなら、たくさん来たことがあるんだろうけれど。

　だからこうして大好きで尊敬するグレイス様とおしゃれなカフェにいるっていうだけで、とってもドキドキしてしまう。

「ルーツィアちゃん、ケーキはどれにする？」

「ええっと……」

　さっきからメニューとにらめっこをしている私にグレイス様が尋ねてくれるけれど、どうしよう。どれも美味しそうで決まらない……。

そもそも、リーステラにいる頃、お菓子やケーキはリセットためのものだった。私はあまり食べたことがなくて、自分がどんなケーキが好きなのかも分からない。

「じ、じゃあ、グレイス様と同じもので……」

「え、私は『巨大びっくりジャンボパフェ』を頼むつもりなんだけど、本当にいいの？」

「ええっ⁉」

何それ⁉　なんだかとても大きそう！

あれ、あれ、でも、メニューにそんなの載ってないのに……？

「私ね、食べることがとっても大好きだから、たくさん注文するんだけど。三回通うとどこもなぜか私専用の大盛りメニューを用意してくれるようになるのよねえ」

初めてそうされた時には「そんな特別扱いを受けるのは申し訳ない」と慌ててしまったらしいのだけれど、お店側が懇願する勢いですすめて下さったこともあり、せっかくのご厚意なのだしと遠慮しないことにしたのだとか。

そんなこともあるのねと感心していた私は、少しして現れた『巨大びっくりジャンボパフェ』に目をまん丸くして驚いてしまった。

お、大きい……！

向かい合って座っているグレイス様のお顔が隠れてしまっているわ……！　想像の三倍くらいある！

　グレイス様はとってもスタイルが良い。こんなに大きなパフェを全部食べることができるのかしら？

だけれど、私の驚きをよそにグレイス様はあっという間にパフェをぺろりと食べてしまって、そんな風に抱いた疑問はすぐに吹き飛ばされてしまった。

　人って本当に、見た目じゃ分からないことがたくさんだわ……！

「そういえば、ルーツィアちゃんは結局何を食べてるの？」

「あ、これですか？　これは期間限定の特別メニューです！　へへ、期間限定とか特別って言われると、ひかれちゃいますよね」

「ま、まさかの期間限定・唐辛子クリームケーキですって……⁉　たまには新感覚スイーツをとか言って奇をてらってみたけど誰も食べてくれないって迷走した店長さんが泣いてたやつじゃないの……！　ルーツィアちゃんの意外な一面……見た目じゃ分からないものね……」

　なぜかグレイスさんが驚いたようにぶつぶつ呟いていた。ひょっとして、グレイスさんも唐辛子クリームケーキ食べたかったのかな？　美味しかったからもうなくなっちゃった……。

　ハッ！　もしかしてシェアとかしたりしても良かったのかな？　食べ物のシェアって、よっぽど仲良しじゃないとできないよね⁉　そう思って私には一生無縁だと思ってたんだけど……次に機会があったら、ゆ、勇気を出して提案してみてもいいかな……？　えへへ……。

　カフェを出たあとグレイス様と歩いていると、露店が立ち並ぶ大きな通りに辿り着いた。気になるお店を見て回っていたのだけれど、一際人が多い辺りのとあるお店に綺麗なアクセサリーが並べられていて、思わず目が奪われてしまう。

「わあ、綺麗」

今日は一日、楽しくて。幸せで、気持ちがふわふわしていて。

私はきっと、浮かれてしまっていたんだと思う。

ハッと我にかえると、人波に押されて離れていくグレイス様と、はぐれそうになっていた。

グレイス様は私と手を繋いでくれていたのだけれど、私がアクセサリーに夢中になってぼんやりしていたから、人に押されるうちに離れてしまっていたようだった。

た、大変！　この辺は人通りが多いから、離れないように気をつけてって注意されていたのに……！

グレイス様は慌てたような表情でキョロキョロしているけれど、人が多くて私の姿に気がつかない。

焦ってすぐにグレイス様の方へ向かおうとした時、突然ぐいっと後ろから腕を強く引っ張られた。

わっ⁉

驚きすぎて声も出せずにいる一瞬で、路地裏にものすごい力で引き摺り込まれる。

わっ、あ……っ！

必死になって、なんとか振り向くと、そこには恐ろしいほどに顔を歪めたリゼットがいた。

「っ！　リ、リゼット……！」

「ちょっと、こんなところで何しているのよっ!?」

私を睨みつけているリゼットは、どう見てもものすごく怒っている。

あまりにも突然のことに驚いて何も言葉を返せずにいると、リゼットはさらに苛立ったのか、私の腕をつかむ手にますます力がこもった。

「っ、い、痛い……!」

思わず声を上げるけれど、リゼットの手の力は微塵も緩まない。

「何をしてるのか聞いてるのよ」

低く響くような声でもう一度聞かれて、身が竦む。

何がなんだか分からないけれど、とにかく答えなくちゃ……!

「ひ、必要なものを、買いに……」

「魔塔に売られたあんたに、必要なものなんてあるわけがないじゃない」

のどがカラカラになりながらもなんとか声を絞り出したけれど、間髪《かんぱつ》入れずに返される。

私は混乱した頭で必死に考えていた。

リゼットは、どうしてこんなに怒っているの?

——ひょっとして、リゼットが必死に庇《かば》ってくれていたのに、私がそれを無下《むげ》にして何も伝えずにリーステラ家から出ていったから、だからなのかしら?

そこに考えがいたって、今更ながらにハッとした。

そうよね、よく考えたら、私がリーステラ家から除籍されることも、魔塔へ売られることも、リゼットは必死になって止めようとしてくれていたのに。

両親から愛されていないことを改めて実感して、悲しくなってしまった勢いで家を出た私。

リゼットはどれほど私を心配して、心を痛めてくれたか分からない。

それなのに、こうして街で能天気に歩いている私を見つけてしまったリゼット。

おまけに声をかけられる直前、グレイス様とはぐれてしまったと気づく前には、私は綺麗なアクセサリーに見惚《みと》れて目を輝かせていたのだ。

まさかリゼットと出くわすなんて思ってもいなかったし、そんなつもりはなかったとはいえ、我ながらなんて無神経だろう。

そんなの、リゼットが怒るのも当然だわ……。

私はいつもそう。本当は仲良くしたかったのに、いつだって言葉選びが悪かったり、誤解を招くようなことをしてしまって、リゼットを傷つけたり悲しませたりしてばかりだった。

それでも、どう考えても良く思えなかったはずの私のことを、リゼットは気にかけてくれていたのに。

でも、もうやってしまったことはどうしようもないから。とにかく、リゼットの気持ちを無下にしてしまったことと、私は魔塔で思ったよりも幸せに過ごせているから、もう大丈夫だということを伝えなくちゃ。

そう思い、なんとか口を開く。

「リゼット、あのね――」

けれど、その先を言葉にする前に、近くで大きな爆発音が響いた。

きゃっ⁉　な、何？

リゼットも驚いて、私を掴んでいた手が離れる。さらに続く大きな物音と何人もの悲鳴に路地裏から大通りの方に視線を向けると、大通りの先にある、広場の方面から人々が走って逃げ出しているようだった。

私たちは慌てて大通りの方へ向かう。

何が起こっているのか理解したリゼットが、小さく悲鳴をあげた。

「ひっ！　ま、魔物……！」

そう、広場の方に魔物が姿を現し、建物や人に攻撃していたのだ。それも一匹や二匹ではなく複数の魔物たちが。

どうして魔物が……⁉

魔塔ですごすようになり、魔法の訓練を受けるとともにいろいろなことを教えてもらった。

その中で、王都にはいくつかの大きな魔石を使って結界が張られていて、そのおかげで魔物が中に入れないようになっているのだと聞いたことがある。

セルヒ様たちが魔物討伐のために出る現場もその結界の外で、他の街や国との間を安全に行き来できるようにしたり、結界の外で暮らす人たちのための対策の一つなんだと言っていた。

だから、王都の中は平和なんだって……。

呆然と立ち尽くしていると、逃げ惑う人の波に押されて、小さな男の子が転ぶ姿が目に入った。

「た、大変だわ！」

逃げていく人たちからは、小さなその子の姿は人の影に隠れて見えないはず。このままでは危険だと分かって、慌ててその子の方へ向かう。

逃げる人たちにぶつかりながらもなんとか辿り着き、泣いているその男の子を抱き上げると、私は急いでリゼットの元へ戻った。

「リ、リゼット！　この子の怪我を治してあげて！」

「……っ！　は、はあ⁉」

以前、フワフワを治癒してあげてほしいとお願いした時は、私の言い方が悪くて誤解されてしまったことで、拒絶されてしまった。

けれど、今はどういう事態かリゼットにも分かっているはずだから、誤解も生まれないわよね！

そう思い、男の子を抱いたままリゼットに近づく。

「うう……痛いよお……お姉ちゃん、助けて……」

男の子が泣きながらリゼットに手を伸ばすと、彼女は一瞬表情をこわばらせた。

リゼットは優しいから、男の子のそんな姿を見て心を痛めたのかもしれない。

「や、やめて！　治す、治してやるから、そんな土で汚れた手で触ろうとしないでよ……！　ほら！」

リゼットが手のひらをかざすと、すぐに男の子の怪我が消えていく。

やっぱりリゼットはすごい……！

私は魔法の訓練を始めて、前よりも魔力がよく見えるようになっていた。だから、リゼットがどんな風に力を巡らせて治癒魔法を使っているかがよく分かる。前は魔力がふわりと光って見えるだけだったのに……今は、銀色の魔力の流れがはっきり見えていた。

普通の魔法とは使い方が少し違うのね……でも、これってひょっとして……。

だから、前は分からなかったことに気がつく、なんてことも増えていた。

ふと思いついたことに、小さく興奮して心臓がドキドキする。

それに……なんだか違和感がある。なんだろう？　リゼットの魔法はほとんど見たことがないから、久しぶりに目にして新鮮なだけかもしれないけれど……何かが前とは違うような。

「治したわよ！　これでいいでしょ⁉　全く、私の力をこんなことに使わせるなんて……とにかく、こんな危ないところにいられないわ！」

リゼットがそう言いながら、この場から離れて行こうとする。

「あ、リゼット！」

けれど、リゼットが飛び出した瞬間、翼を持った魔物が、立ち塞がるように姿を現した。

そして、魔物は長い腕を振り上げ、鋭い爪が光る。

「きゃあ⁉」

「リゼット、危ない！」

私は咄嗟に抱いていた男の子をその場に下ろすと、急いでリゼットの手を引き、体を翻《ひるがえ》す。魔物に背中を向け、リゼットを抱きしめるようにして庇うと、攻撃を受ける覚悟をしてぎゅっと固く目を瞑った。

けれど、次の瞬間とても強い風が吹き抜けて、轟音ともに地面に強い振動が響き、私の体に痛みが走ることはなかった。

「大丈夫か、ルーツィア！」

最近、すっかり聞き慣れてしまったその声に、一気に安堵が広がっていく。

「セ、セルヒ様……！」

顔を上げると、私を背に庇うように立つセルヒ様の前で、大きな魔物は倒れ、地に伏せていた。

セルヒ様の背中から、冷気が漂っている気がする。

こ、これは怒っている……。

そうよね、私、セルヒ様の力になりたい、役に立ちたいって思っているのに、結局こうして助けてもらって、足を引っ張っている。

離れないように気をつけてと言われていたのに言いつけを守らず、グレイス様とはぐれるようなことになったのがいけなかった。

ううん、もっと言えば、そもそも今日のお出かけをやめておいたら、今頃セルヒ様はもっと自由に動けただろうし、私が魔塔で大人しくしていれば邪魔にならなかったのに。

セルヒ様が怒るのも当然だわ……。

一瞬でそんな考えが頭の中を駆け抜けたけれど、次の瞬間それはセルヒ様から発された低い声で吹き飛ばされた。

「今日はルーツィアが魔塔に来てから初めて出かけた記念日なのに……！　万が一この出来事をきっかけにルーツィアが『魔塔にきたら恐ろしいことがたくさん起こる』などと思ってしまったらどうしてくれるんだ？　楽しい思い出になるはずの一日を台無しにしやがってこの魔物め、そのでかい体が爪先一つ分も残らない程に跡形もなく消し去ってやる」

　わ、私に怒っているんじゃあなさそうだわ……！

　普段の臆病《おくびょう》な私なら怒られているのが私じゃないとホッと安心するところかもしれないけれど、なんだかセルヒ様の言葉が物騒でドキドキしてしまう。

　というか、よく考えると今の言葉って、私の楽しいおでかけが邪魔されたことに怒ってくれている、の……？

　そうだった。セルヒ様はそういう温かい人だった。

　魔物を前に恐ろしい思いをしたからって、また悪い癖が出ていたみたいだわ。あんなに反省したはずだったのに、なかなか考え方の癖って治らないわね。

　だからこそ、もっと前向きになれるように、私だって頑張っていかなくちゃ。

　ずっと決意しているように、セルヒ様のお役に立ちたいから……！

　そうやって自分の気持ちを再確認していると、艶やかでもふもふな尻尾が巻き付くように私を包み込んだ。

「あっ！　フワフワ！」

私に体を擦りつけて上目遣いで見上げてくるのはもちろんフワフワで。

そうか、さっき強い風が巻き起こったのは、フワフワが風魔法を使ってここまで来てくれたからだったんだわ！

フワフワは、契約の話をしたときに、私と『繋がっている』と言っていた。私が危ない目に遭っているって気づいて飛んできてくれたの？

そう気づいて、胸がじわじわ温かくなっていく。

『我もいるぞ！　だからルーツィア、安心しろ』

フワフワは私を元気づけるように「わうわう！」と元気良く吠えた。

すごい。セルヒ様が来てくれて、フワフワがくっついていてくれるだけで、こんなにも勇気が湧いてくる。

「……フワフワ。私、セルヒ様の力になりたい。お願いしてもいい？」

『我の望みはルーツィアの願いを叶えることだ』

頼もしい答えに奮《ふる》い立っていると、リゼットが怒ったように声を荒げた。

「ちょ、ちょっと！　なんなのよ一体!?　ルーツィア、あんたそれ、魔獣でしょっ!?」

「リゼット、大丈夫。フワフワは魔獣だけど、とっても優しくて頼もしい、良い魔獣さんだから」

「あんた、何言ってんの!?」

うーん、フワフワのことを知らないリゼットが怯えてしまうのも無理はないかも。私だってフワフワに夜の森であった時は、恐ろしい魔獣に食べられるんだって思ったものね……。

　そんなことを考えていたけれど、すぐにそれどころではなくなった。

　ハッと我に返るとリゼットの後ろから、さっきとは別の魔物が牙をむいていて、今にも襲い掛《か》かろうとしていたのだ。

「っ！　リゼット危ない！　わうっ！」

「グルルルッ！　フワフワっ」

　私は慌ててフワフワの背中に触れて魔力を渡す。

　咄嗟のことだったけれどフワフワはばっちり私の意図を汲んでくれて、渡した魔力を使い炎を吐いた。大きな虫型の魔物だったから、きっと火に弱いはず！

「きゃああ！　もういやっ！」

　思った通り魔物はフワフワの炎に包まれ焼け落ちる。けれど、リゼットは随分参っているみたいだ。当然だよね。怖いに決まってる。フワフワが側にいてくれる私だってそうだもん。

　まずはリゼットをこの場から避難させてあげなくちゃ……！

「ルーツィア、大丈夫か!?」

　私たちを取り囲もうとする別の魔物を魔法で薙《な》ぎ払いながら、セルヒ様が私を気遣う。

「私は大丈夫です！　セルヒ様、私もフワフワとやれます！　このままリゼットと男の子を安全な場所に連れて行くので、セルヒ様は大きな魔物を倒しに行ってください！」

　こうして道の端にいる私たちに近寄ってくるのは、比較的体の小さな魔物たちだ。その相手なら、フワフワと一緒ならできるはず。

街を大きく攻撃しようとしている一際大きな魔物は広場の方面にいて、グレイス様がその相手をしている姿がチラチラと見えていた。

私はオーランド様から教わったことを思い出す。

『魔物は単独行動がほとんどだけれど、時には種族も属性も超えて群れをつくり人を襲うこともあるんだよ～。そう言う場合は一番強い奴が群れのボスで、そいつを抑えれば大抵は引いていくんだ』

だから、誰が群れのボスなのかを見極めるのが大事なんだって、そう言っていた。

もちろん、体の大きさが必ずしも強さに比例しているわけじゃないことは私にも分かる。けれど、今の場合はどう考えてもあの一番大きな魔物が一番強い。

だって、魔力の質が全然違うもの。初めてでもそれがどういうことかよく分かる。

私には魔力が見えているから。

一瞬迷う様子を見せたセルヒ様は、私がじっと見つめるとやがて頷いてくれた。

「フワフワ、ルーツィアを頼んだぞ。すぐに片づけて戻ってくるから」

『誰に向かってそのような当然のことを言っているのだ』

フワフワは頼もしくも答えると、鼻を鳴らしてみせた。

セルヒ様が魔法を使って飛んでいくのを見届けて、私はリゼットに向き直る。

さすがのリゼットも恐怖のあまりか、体から力が抜けてしまったようだった。

「リゼット、もう少しだけ頑張ってね」

「………」

私はリゼットを支えて、なんとか歩き出した。フワフワがその私たちの周りに近づこうとする魔物を攻撃して守ってくれている。

どこまで行けば安全かも正直よく分からなくて、このままでは絶対にリゼットを置いていけない。だけど、リゼット以外にも逃げ遅れて動けなくなっている人がちらほらといて、いつそんな人たちに魔物が襲い掛《か》かるか分からない状況だった。

リゼットを避難させて、他の人のことも助けに行きたいけど……。

どうしよう、思ったよりリゼットが弱っている。誰かにリゼットを連れて一緒に逃げてもらえればいいけど……。

湧き上がってくるそんな焦りに、どうしようと考えを巡らせていると、大きな声がその思考を遮った。

「ルーツィアっ!!」

その声の方に思わず振り向く。そこには、髪を振り乱して焦った表情を浮かべた——ミハイルお兄様がいた。

「えっ、お兄様?」

思わぬ人の登場に一瞬ポカンとしてしまう。

どうしてお兄様がここに？ ……と、思ったけれど。

「ルーツィア……そっちにいるのはリゼットか？」

お兄様は私に支えられているリゼットを見ると目を見開いた。そんな様子に、私もさすがに気がつく。

そっか。リゼットを探しに来たんだ。

私と会った時、リゼットは一人でいたようだった。護衛や侍女とはぐれたのかもと思っていたけど、ひょっとしてお忍びだったのかもしれない。

街でこれだけ大きな騒ぎになっているんだから、きっとリーステラ家にもそのことは伝わったはずだし、それを知ったお兄様がリゼットが屋敷にいないことに気がついて、慌てて探しに来たと考えるととてもしっくりきた。

お父様やお母様と一緒で、お兄様もリゼットのことをとても大事にしているから……。

私はホッと安堵して、思わず喜びの声をあげる。

「良かった！　お兄様！」

そして、すぐにミハイルお兄様の元へ近づいていく。その間にリゼットもお兄様に気がついたようで、支えている体の重さがほんの少しだけ軽くなった気がした。

恐らく、お兄様に会えた安心感で少しだけ気力がわいて、自分で立つ力が戻ってき始めているんだわ。

お兄様がこちらに思わずといった風に手を伸ばす。それと同時にリゼットが私の腕の中から抜け出すように走りだし、お兄様がこちらに向けて伸ばした腕の中に飛び込んだ。

「ミハイルお兄様！　私っ、怖かった……！」

「リ、リゼット」

リゼットの憔悴《しょうすい》した様子に動揺しながらも、お兄様は飛び込んできた彼女をそっと受け止めた。

その様子を見て、ほんの少しだけ寂しい気持ちになる。

けれど、私はそれに気がつかないふりをして、お兄様とリゼットにニッコリと微笑んだ。

「良かったね、リゼット、お兄様が助けに来てくれて！　お兄様、リゼットに怪我はないと思うから、安心してください！」

「は……」

少しでも心配を晴らしてあげたいと思ってそう告げたのだけれど、それを聞いたお兄様の表情はみるみるうちに険しくなった。

それで自分の失言に気がついた私は、大慌てで、まるで言い訳するかのように続けた。

「あ、ごめんなさい！　リゼットがそれほど怯えて辛い思いをしているのに、安心してだなんてあまりに無神経でした！　怪我がないからいいってわけじゃないですもんね。だけど、その、少しでも大丈夫だって伝わればいいなと思って、あの」

「……ルーツィア」

今まであまり聞いたことがないような、お兄様の沈んだような低い声に呼ばれて、体が竦む。

こ、これはもしや、怒られるやつ……？

そうだよね、きっとお兄様は私の顔を見るのだって嫌なはず。

それなのに、大事なリゼットを探しに来たら彼女は私と一緒で、私はこんなに元気なのに、リゼットは見るからにとても弱っていて。

……お兄様は私のことが嫌いなのに、今までそれを隠してずっと優しくしてくれていた。それは多分、リゼットが私を気にしていたからじゃないかと思う。

それなのに今のこの状況、私に優しくする気なんてなくなって当然だ。

私は恐ろしいことに気がついてしまった。

それどころか、下手すれば私がリゼットを傷つけたと誤解されていてもおかしくないのでは⁉

リーステラ家にいた頃、私はいつも、知らないうちにリゼットを傷つけたり苦しめたりしてしまっていたから……。悲しいけど、信頼度ゼロの私だもの。そんな勘違いをされても仕方がないように思えた。

その事実に気づいた私は――もう無駄な言い訳はやめて、さっさと逃げてしまおうと結論を出した。

だって今までどうやっても解けなかった誤解が、こんな異常事態の中で解けるわけがないのだし。

これは逃げじゃなくて、戦略的撤退ってやつだよね……！

「それじゃあ、お兄様は早くリゼットを連れて行ってあげてください！」

「ま、待て」

逃げようとする私に、お兄様の表情がますます険しくなる。

うう、どうしよう。

すると、私の焦りを感じ取ったのか、少し後ろでちょこんと待ってくれていたフワフワが立ち上がり、私の前へ体をするりと差し入れて、いつものように尻尾を巻き付けてきた。

途端にお兄様の目が驚愕に見開く。

私は心の中でぼんやりと、いつも冷静で落ち着いているミハイルお兄様がこんなに感情をあらわにして、表情をころころ変えるなんて、やっぱりリゼットが危ない目に遭うところも普段と違うのね、なんて呑気に思っていた。

「ルーツィア⁉　そいつは――っ！」

そしてやっぱり、逃げるが勝ち！

「この子は大丈夫です！　というか私のことは気になさらないでください！　それでは！　フワフワ、行こう」

「がうっがうっ！」

「ルーツィア！」

鬼気迫るお兄様。私は構わずに、二人に背を向けて走り出す。

お兄様はまだ何かを言っていた気がするけれど、聞こえなかったということは言われていないのと同じだよね。というか、そういうことにしておく。

少し離れたところで、フワフワが走りながら鼻先をぐいぐいと押し付けてくるので何かと思って立ち止まると、その場で伏せをして期待の眼差しで私を見上げた。

『ルーツィア！　我の背中に乗ると早くて楽しいぞ！』

「ええっ⁉」

背中に⁉　お、重くないのかな⁉

そう不安に思ったものの、フワフワはものすごく尻尾を振りながら私を待っている。

正直、リーステラ家にいる頃全く運動をしていなかった私は足があまり早くない。最近では魔法訓練のために体も動かすけど……逃げ遅れた人を助けるには早く向かった方がいいに決まっている。

私は覚悟を決めた。

「重かったら、すぐに言ってね⁉」

『我の可愛いルーツィアは軽すぎるくらいだ』

そして意を決してフワフワの背中に乗ったちょうどその時、大きな魔物と戦っていたはずのセルヒ様が、上空から舞い降りてきた。

「ルーツィア！」

そしてそのまま地面に降り立った瞬間、

「うっ、ぐっ……‼」

「えっ⁉　セルヒ様っ⁉」

――セルヒ様は、足元から崩れ落ちるようにして膝をつき、苦しそうなうめき声を上げた。

その姿に、ひょっとしてどこか怪我をしてしまったのかしらと慌てて駆け寄ろうとしたのだけれど、私がセルヒ様の元に辿り着く前に、彼は何事もなかったかのように立ち上がった。

　あ、あれ？

　一瞬前の様子とあまりにも違う動作で微塵の不安感もなく立つセルヒ様の姿に、思わず目をぱちぱちと瞬いてしまう。

　……どうやら怪我をしたのではなさそうだわ。それなら良かったけれど、じゃあさっき崩れ落ちてしまったのはなんだったのかしら？

　疑問に思っていると、残りの距離を風のような速さで近づいてきたセルヒ様が何食わぬ顔で答えを示した。

「取り乱してごめんね、ルーツィア。フワフワの背中に埋もれるように乗る君があまりに可愛くて心臓発作を起こしかけてしまった」

「へっ⁉」

「ルーツィアはそれどころじゃなかっただろうに、本当に申し訳ない。あの元兄から何かひどいことを言われなかったかい？　それが心配でこうして戻って来たというのに、君が無事に元凶から離れた姿を見たことで気が緩んでしまったのか、一瞬君の可愛らしさで頭がいっぱいになってしまった！　ああ、安全になったとはいえ君が傷ついているかもしれないという時に、こんな愚かな俺をどうか許してくれ……！」

　話している途中から苦悶の表情に変わっていくセルヒ様。

　情報量が多くてうっかり内容が右から左へ抜けてしまいそうになったけれど、つまり私がミハイルお兄様と話している姿が見えて、何か傷つくような事態が起こらなかったか心配して来てくれたようだった。

　魔物は大丈夫なのかしら⁉　と一瞬だけ周囲に目を向けると、近くには倒れ落ちた魔物の姿がいくつも転がっている。いつのまにか近くに動ける魔物はいなくなっているようで、この分なら大丈夫そうだ。

　さすがセルヒ様だわ……！

　そして、そうしてでも私を心配して駆けつけてくれたことが嬉しい。

「セルヒ様、ありがとうございます！　ミハイルお兄様――ミハイル様はリゼットを心配してここまで慌てて駆けつけてきたようです。私は特にこれといって何も言われてません。リゼットがいたので、私なんかに構っている余裕はなかったと思います」

　あ、正確には、リゼットが弱っていることで私が怒られそうな雰囲気を感じて、何かを言われる前に逃げ出してきたんだったわ。だから、本当だったら何か言われていたかもしれない。

　セルヒ様に報告した後でそのことを思い出したけれど、結果的に言われていないのだから、今私が言った内容も、別に嘘ではないわよねと思い直した。

「それなら良かった」

　セルヒ様はそう言って頷いたものの、その視線がチラと一瞬、私の後ろの方に向けられる。つられて振り向きかけたけれど、そうする直前に大きな声で名前を呼ばれて私は動きを止めた。

「ルーツィア嬢〜〜！」

「あ、ノース様！」

「怪我はない⁉　セルヒがさっさと行っちゃったから、気が利く俺は万が一のために回復薬をいくつか持ってきたよ～！」

　空を飛んで現れたノース様は、右手をぶんぶんと大きく振りながら、左手には回復薬の瓶を数本抱えていた。

　回復薬……そうだ！

「ノース様、その回復薬、もらってもいいですか？」

　私がそう言うと、セルヒ様がすごい速さで私の顔を両手で包み込み、こぼれ落ちそうなほどに目を見開いて凝視した。

「ひ、ひええっ⁉」

　手が！　私の顔を！　そして顔と顔の距離が近いいい！

「ルーツィア⁉　まさか、やっぱりどこか怪我をしているのか⁉　ど、どこを……！」

「わわわわ……！」

「顔は無事だな、腕か？　足？」

　セルヒ様は言いながら、怪我がないか確かめるように私の体を触っていく。その動きはすごい速さで、止める暇もない！　け、けど……！　待って……！

「ひいいい……っ」

「まさかお腹や胸なんかを――」

「セルヒ～？　それ以上やったらお前今日から『変態』って呼ばれて二度とルーツィア嬢に近寄らせてもらえなくなると思うけど、大丈夫そ～？」

　ノース様の呆れたような声に、危うく私の胸元に触れるところだったセルヒ様の手がピタリと止まった。

　そして次に私が瞬きをしたときにはセルヒ様はノース様より後ろにいた。

「ル、ルーツィア！　すまない！　俺は決して君に不埒な真似をしようなどと思ったわけではなく……‼」

　私は恥ずかしさのあまり全身が熱くてわなわなと震えていたけれど、必死に「違う違う」と首をふるセルヒ様の全身が信じられないほど赤くなっていて。それを見ていると少しだけ羞恥心が落ち着いた。

　だけど、少しだけなのでやっぱり恥ずかしい。

「だ、大丈夫です、分かってます……」

　気持ちを落ち着けるためにふうっと大きく息を吐く。

　うんうん、セルヒ様は私を心配してくださったんだもの。むしろ、セルヒ様がとっても心配性だと知っているのに、誤解を招く言い方をしてしまった私が悪かったんだわ。

　そう思い、理由とともにもう一度回復薬が欲しいということを伝える。

「あの、私が回復薬を使いたいわけじゃなくて。この場には怪我を負っている人がたくさんいますよね？　だから、その回復薬を使って一気に皆さんを回復できたら、私もこの場でお役に立てるんじゃないかと思って」

「それは、そりゃあそんなことができればものすごーく助かるに決まっているけど。……一気に？」

ノース様が不思議そうに首を傾げる。

「はい。私、良いこと思いついたんです！」

ノース様から回復薬を受け取ると、私はフワフワにお願いして少しひらけた場所まで移動した。

そして、いくつもある回復薬の中から一瓶だけを取ると、他はひとまずフワフワに預けておく。

私、本当に驚いてしまったのだけど、フワフワのふわふわな毛並みの中にはどうやってなのか物がたくさんしまえるのよね……！

まずは、自分のイメージ通りにやれるかどうか、この一瓶だけ使って試してみようと考えたのだ。失敗しちゃったら目も当てられないので。

うーん、オーランド様との練習を思い出しながら……こうかな？

瓶の蓋を開けて、手で触れないように魔法で中の液体だけを取り出して空中に浮かせ、水魔法で作った薄い膜の中に包み込む。

うん、これならできそう！　いっぱい練習したことがこの場で生きているのを感じて嬉しくなる。

だけど、これはやりたいことの初期段階！　このまま集中力を切らさずに……。

「ルーツィア……これはすごいな。オーランドがとても優秀だと言っていたが、ここまでとは」

慣れない場所、状況は異常事態。できる限り集中して必死で魔法を使っていた私は、セルヒ様がそんな風に呟いていたことにも気づかずに、作業を続けていた。

「できたわ！」

私は水魔法で包み込んだ回復薬を、光属性の魔力を注入するイメージで無事に膨張、増幅させた。

初めての試みだったにも関わらず、イメージした通りに魔法を使うことができてもうやりきったような気持になってしまう。

自信がついたところで、他の回復薬も同じようにして……。そうやっていくと思惑通り、回復薬の量が最初の三倍ほどに増えていく。私の魔力で増やしているからひょっとして少し効果は劣るかもしれないけれど、これだけあれば回復薬の不足は起こらないはず！

重症の人のために何本かは使わずに残しているし、これで被害にあった人全員を癒すことができるんじゃないかしら。

そうして作業しながら、私は少し不思議な気分になっていた。

フワフワやセルヒ様が側にいて、まだ魔物の生き残りがいないかどうかを警戒してくれているから、こうして集中できているのよね。私一人だったら、きっとなんにもできなかったに違いない。

今までの私は、ひとりぼっちだった。両親は私には興味がなかったし、リゼットには誤解させてばかりで仲良くなれず、優しかったお兄様も、やっぱりリゼットがいれば彼女が優先だった。

おまけに本当は疎まれていたって知ったから目も当てられない。

だけど、今の私には、こんなにも信頼できる人が側にいてくれる。そのことが泣きたくなるほど嬉しい。

褒められるのが嬉しい。もっともっと、褒めてほしくなる。きっと私のやっていることなんて本当は大したことがないに違いない。すごい魔法使い様であるオーランド様やセルヒ様からすると、特にそうだと思う。

だけど……二人をはじめ、魔塔の人たちってとっても褒め上手なんだよね。

お世辞だったとしてもいいの。だって嬉しいから。本当は全然すごくなかったとしたって、「すごい！」って言ってくれるその気持ちが嬉しい。

褒め言葉って、魔法みたいだわ。

やる気を湧き上がらせて、私を幸せにしてくれる、魔法の言葉。

「この回復薬を……皆に届けられますように！」

私は願いを込めて、風魔法を使い、回復薬の塊を空中へ高く高く掲げる。

と、そこで少しだけよろめいてしまった。急に魔法を使いすぎたから、疲れ切ってしまっている。

このままじゃ、地面に倒れて、魔法にも失敗してしまう！

ひゅっと心臓が竦み上がる思いを味わった次の瞬間、私はセルヒ様の腕の中で支えられていた。

「セルヒ様……！」

「大丈夫だ、ルーツィア。一人で頑張らなくていい。俺がついているから」

励ますような言葉に、視線に、もう一度力を入れて地面を踏みしめる。

セルヒ様は私の魔法を補助するように、自分の風魔法を細く伸ばし、私の魔法に絡ませていく。

すごい……魔法を学びだしたから分かる。これってとっても高度な技術が必要なことだわ。

さらに、もうひとつ別の鮮やかな風魔法が駆け上り、私の魔法に溶け込むように混じっていく。

『ルーツィア、我も助けるぞ！』

「フワフワも……ありがとう！」

分かっているんだ、本当はここまでくれば、セルヒ様やフワフワにお願いしてやってもらった方がいいんだろうなって。だけど二人とも、こうして私の補助のような形に徹してくれている。

私の気持ちを尊重してくれている。

私は喜びを込めて、一際強く、魔法を放つ。

すると、膜の中から勢いよく魔法に弾かれて、破裂したように押し出された回復薬が、まるで優しい雨のように街中の人たちの上に降り注いだのだった。

◆◇◆◇

回復薬を皆に届けることに成功して少しした頃、王宮から騎士団が到着して、後は騎士様たちにお任せすることになった。

一息ついた頃にやっと再会できたグレイス様は眉尻を下げて申し訳なさそうに私を抱きしめてくれた。

「わっ！」

「ルーツィアちゃん！　本当に本当にごめんなさい！」

はぐれたあと、すぐに探してくれていたらしいのだけど、見つからないうちに魔物が現れ、その相手をすることでいっぱいになっていたらしい。

あんなに大きな魔物がいて、小さな魔物もたくさんいたんだもの。当然だと思う。それに元はと言えば私の不注意のせいだったのに、謝らせてしまって申し訳ない気持ちになる。

おまけに、むしろグレイス様が私の側にいたなら、きっと私は足手まといだったはず。フワフワが来てくれなかったら、私は身を守るための攻撃さえ満足にできないんだもの……。

その場合のことを想像してゾッとした。

「本当だぞ、グレイス。そもそも、お前を信じてルーツィア嬢を任せたのに、彼女はリーステラの令嬢と令息に捕まって、お前はその場にいないのだからな」

「セ、セルヒ様！　私が注意されていたことを守らずに、一人でフラフラしてしまったんです！」

必死でグレイス様は悪くないことを伝えていたのだけど、当のグレイス様はどこか考え込むような顔で視線を下げた。

「もちろん、私が悪いのは当然なんだけど、それにしたっておかしいのよ。はぐれてすぐ気がついて、途中までは追いかけていたのに、突然ルーツィアちゃんの姿が見えなくなったの」

それはきっと、私がリゼットに路地裏に引っ張られて行ってしまったからだよね……。そう思い、ますます申し訳なくなっていたのだけれど、グレイス様の話を聞いたセルヒ様まで、何やら思案するような表情を見せる。

な、なんだろう？

不安に思い始めた私に、セルヒ様は優しく微笑みかけてくれる。

セルヒ様はそのまま私に向かって何か言おうとしていたみたいだったけれど、その前に別の声が私の名前を呼んだ。

「ルーツィア！」

……正直、またかって思ってしまった私だけど、仕方ないよね？

そこには、厳しい目で私を見つめるミハイルお兄様が立っていた。

閑章▼ミハイル・セルヒ
私が救いたいのは一人だけなのに

どうにかしてルーツィアを取り戻す。あの子を魔塔の危険な連中から助け出すにはどうしたらいいだろうか。

そんなことを考えている時だった。街中から離れた場所に立つ我がリーステラ家の屋敷の中にいてさえ、地響きが轟き、ビリビリと痛いほどに空気が揺れた。

――ルーツィアが危ない。

どうしてかは分からないが、確信があった。自分の中に宿る危険察知の本能が警鐘を鳴らしていた。

私の大事なあの子が危ない。今すぐに行かなくては。

危険であると、私を止めようとする使用人たちや護衛の騎士すら振り切って、私は街へ急いだ。

どこだ、どこだ……ルーツィア！

逃げ惑う人々の波に逆らって、ルーツィアを探していくうちに、どんどん騒ぎの中心に近くなっていく。そして私の焦燥感も増していく。当然だ、ルーツィアは身を守る術《すべ》を持たない。それなのに、もしもこの嫌な予感の通りにあの子がこの場にいたとして、どうなるだろうか。想像するだけで血の気が引いていき、ますます焦りが募る。

いなければいいんだ。この場にいなければ――。

けれど、そんな願いもむなしく、よく見知ったストロベリーブロンドが私の視界の端に揺らめいた。

「ルーツィアっ‼」

思わず大声で呼び止める。

ああ、やっぱりルーツィアはこの恐ろしい場所にいた。なんということだろうか。見たところ、魔獣の相手をしているのは魔塔の魔法使いのようだ。それなのに、こんな場所にルーツィアを一人置き去りにするなど！

やはり魔塔へなど置いてはおけない。ルーツィアはきっと、本当はリーステラ家に帰りたいはずなのだ。

もう大丈夫だと、心配はいらないと伝え、安心させてやり、このままリーステラ家へ連れ帰って――。

その時、振り向いたルーツィアの向こうに、予想外の人物の姿が見えて、思わず目を見開いた。

「ルーツィア、そっちにいるのはリゼットか？」

なぜリゼットが？　そういえば、最近屋敷で姿を見なかった。引きこもっているのなら、顔を見なくてすむからちょうどいい。そんな風に考えて気にも留めていなかったが……そうか、しおらしくしていると見せかけて、屋敷を抜け出していたのか。

それも、経緯は分からないが、ルーツィアの手を煩《わずら》わすなど……本当に忌々しい女だ。

いや、リゼットなど心底どうでもいい。それよりもルーツィア、私は君を救いに――。

しかし、思わず伸ばした手はルーツィアには届かず、代わりにリゼットが勢いよく私に抱き着く。なんだこの女は！

私はルーツィアを救い出しに来たんだ！

思わず動揺したものの、すぐに引きはがそうとするが、私がそうするより先にルーツィアが微笑むのだ。まるで、私がルーツィアではなく、リゼットを助けに来たかのように言いながら。

ちがう、ちがう！　リゼットなどどうでもいいんだ、私は、私はルーツィアを……！

必死で誤解を解こうと思うのに、ルーツィアはそれを誤解だと微塵も思ってないようで、まるで言い訳をするように立て続けに言葉を紡ぐ。

そして、そのまますぐに立ち去ってしまった。

あろうことか、魔獣にのって。

『私のことは気になさらないでください』

最後に言われた言葉が突き刺さる。

どうしてだ。今まで、ルーツィアを気にするのは私だけだったじゃないか。それを君は知っているだろう？　私から離れるなんてできないはずだろう？　そうなるように、私は心を鬼にして、愚かで卑劣な君の家族を許し続けてきてやったのに！

「お兄様、私怖いわ！　ルーツィアなんてどうだっていいじゃないのっ。お兄様が優しいのは知っているけど、こんな時にまであんな子を気にしてあげることはないわ。早くここから離れましょう！」

いつまでも抱き着いて離れない、世界で一番嫌いな女が、私に甘えるように縋《すが》りつく。

どうしてお前なんだ。どうしてルーツィアじゃないんだ。

「離れろ」

「えっ？」

ルーツィアは、私が自分を心配して助けに来たなど、考えもしなかったようだった。それなのに、一番どうでもいい存在は、私が自分を助けに来たのだと疑いもしない。

湧きあがる怒りが抑えられない。

それでつい本音が零れたが、ふと思いなおす。リゼットの性格はよく知っている。ここで無理に突き放そうとしても、余計に離れなくなるか、自分を大事にしない私に怒り、泣きわめいて陥れようとするかどちらかだ。

力づくで突き飛ばしたい思いを抑え込み、私はリゼットに笑いかける。できるだけ優しく、穏やかに。

声が少し震えてしまったが、それほど怒りを覚えているわりには我ながらよく抑えている方だ。

「リゼット、私の可愛い妹、偉大で尊い聖女の力を、ここにいる民に分けてあげないか？　恐らくじきに王宮の騎士団もこちらに来るだろう、それまでしのげるように」

おだて、なだめすかすと、瞬時に騎士たちに自分の活躍を見せつける光景を想像したリゼットは、道の端の方で大人しくしている怪我人の方に悠々と向かっていった。

どうみても治癒を必要としている怪我人は他にいるのに、軽傷の者をすぐに見分けて選ぶあたりがさすがである。

やっとリゼットを引きはがしたが、すぐに私は絶望した。

いつのまにか、私から離れて行ってしまったルーツィアの側にあの忌々しい魔塔の魔法使いがいた。

だが、私を絶望させたのはそのことではない。

ルーツィアが、笑っているのだ。あの魔法使いの顔を見て、心底安堵したと、心底嬉しいのだと、そんな感情を隠しもせずに笑っている。

なぜだ。それを向けられるべきなのは、私だろう!?

すぐにルーツィアの元へいき、お前は騙されているのだと教えなければ。

そう思うのに、私の足は途中で止まってしまった。

ルーツィアが……魔法を使っている？　あの子は、無能のはず……。

それは、あまりに衝撃的な光景だった。

魔力ナシのはずのルーツィアが、ただ魔法を使うだけでも信じられないことなのに、どう見ても並みの魔法使いではできそうもないことをやっている。

あれは……どういうことだ？　パッと分かるだけでも複数属性を使っている。こんな高度なこと、王宮魔法士でもやる者はほとんどいないだろう。

ルーツィア、君は一体……。

私が愕然としている間に、ルーツィアはやり遂げ、街中に回復薬が降り注いだ。

私は必死の思いでルーツィアに近づく。

今、いかなければ、またルーツィアに会えなくなるかもしれない。

とにかく、なりふり構わず、ルーツィアの誤解を解いて、魔法使いたちから取り戻さねば――。

「ルーツィア！」

けれど、振り向いたルーツィアは、魔法使いに向けていた心からの笑顔を瞬時に消し去り、困惑した表情で私を見た。

その瞳に宿るのは、どう見ても拒絶の色だった。

◆◇◆◇

俺にまるで助けを求めるように、小さくルーツィア嬢が呟いた。

「セルヒ様……」

その声に浮かぶのは困惑と恐怖だ。ルーツィア嬢の元兄が声をかけてきた途端に、俺の側にいるルーツィアの体が強張ったのがよく分かった。

この男は一体、どれほどに彼女を傷つけ、怯えさせ、悲しませれば気が済むのか。

今すぐにでもこの場から消し飛ばしてやりたいところだが、それをすればルーツィア嬢が気にしてしまうだろう。彼女は心優しい人だから。

いくら怯えている相手であっても、元兄だ。消えてしまえば傷つき、ずっとその存在を心に残して気に病むに違いない。

どんな理由であれ、彼女の心の奥に別の男の存在がずっとあり続けるなど、そんなことはとてもじゃないが許せそうにない。

そもそも、どんな理由であれ、俺は彼女に悲しんでほしくなどないのだ。

元兄、リーステラ伯爵令息め、ルーツィア嬢の心根の美しさのおかげで命拾いしたな。

そんなことより、今は少しでもルーツィア嬢の不安を和《やわ》らげてあげたい。

そう思い、俺は一歩ルーツィア嬢に近づき、身を寄せた。ルーツィア嬢を守るようにその細い肩に触れると、彼女はこちらを見上げ、ホッと安堵したように息を吐き、表情を緩める。

ああ、可愛い……可愛い……‼

くっ、静まれ俺の心臓……！　今はそんなことを考えている場合ではないだろう！

しかし、本当に可愛いのだ……。愛するルーツィア嬢が俺を心底信頼し、俺を見て安堵しているんだぞ？　こんな幸せがあっていいのか。

そうか、自分で考えて改めて気がついたが、ルーツィア嬢は俺の側で安心してくれるのか……。

すごいな。直接何かをされたわけでも、何か明確な言葉をもらったわけでもない。それなのに、ルーツィア嬢の表情ひとつでここまで俺は幸福感に包まれるのだ。

「ルーツィア嬢……ありがとう……」

「えっ？」

俺の言葉に、ルーツィア嬢が不思議そうに首を傾げる。可愛い。

しまった。つい心からの感謝が口をついて出た。だがこれは心からの本音だ。

ありがとうルーツィア嬢。ありがとう、彼女が存在するこの世界。ちなみに彼女の両親には感謝はしない。ルーツィア嬢を誕生させてくれたという世界一の徳は、誰よりも彼女を苦しめたという世界一の大罪で、すでに相殺《そうさい》されている。むしろマイナスだな。

と、ここで俺は一つの恐ろしい可能性に気が付いた。

――今の「ありがとう」が、「今までありがとう」という、彼女への決別の言葉にとられる可能性は？

ないとは言い切れない‼

もしもそんな恐ろしい誤解により、心優しい彼女が「自分は魔塔にいてはいけないのだ」などと思い込み、俺たちに気を使わせないように己の心に嘘をつき、リーステラ家に戻るなどと言わせてしまうことなどになれば……！

あ、ダメだ。想像だけで生きていけなくなりそうだ。

己の失態の可能性におののいた俺は、慌てて説明の言葉を口にする。

「ルーツィア嬢、今のありがとうは、俺の側にいてくれて嬉しいという気持ちの表現だ！　ただひたすらに湧きあがる世界とルーツィア嬢への感謝の気持ちを思わず口にしたのであって、一欠けらの含みもないのでどうか誤解をしないでほしい！」

「せ、世界？　ええと、……分かりました！」

「分かりづらい言い方をしてしまった俺を許してくれるか？」

よく分かっていなさそうなルーツィア嬢も可愛いが、揺るぎようのない信頼関係がまだできていない今、しつこいと思われようが、きちんと言葉にしなければいけない。そう思い、気分を害していないか確認しようと問うと、ルーツィア嬢はくすぐったそうに微笑んだ。可愛い。

「セルヒ様は確かに、ちょっと何を言っているのか分からない時もありますが……でも、私のことを思ってくれているのは伝わっています。こちらこそ、いつもありがとうございます！」

あ、ダメだ。死ぬ。世界よありがとう。ひょっとするとこの世に俺以上に幸せな人生を送っているものなど存在してはいないかもしれない。

「おい……！」

幸せに浸る俺の耳に、低く唸るような声が届く。

そうだな、今はルーツィア嬢の存在を神に感謝している場合ではない。

そう思い、元兄の方に向き直る。すると、元兄は俺のことを射殺さんばかりに睨みつけていた。

俺のことが気に食わず、憎しみを抑えられないという気持ちはまだ分かる。

だが、どうして理解しない？　俺に向けているとはいえ、その目を、その表情を目にして、ルーツィア嬢がどれほど怖い思いをするのかということが。

「ルーツィアを離せ」

恐ろしい表情のまま、恐ろしい声で、ルーツィア嬢の元兄が俺に向かって吐き捨てる。

俺にとってはなんでもないことだが、許しがたく思うのは、その声に反応してルーツィア嬢の体がまた強張るのを感じたからだ。

ルーツィア嬢はなんとか自分で対峙《たいじ》しようとしているような気配を感じたが、そんな必要はない。

ルーツィア嬢が、本当にしたい努力ならば、いくらでもすればいい。どんなことだって応援する。側で支え、力になろう。

けれど、傷つくことが分かっている場面で、不必要に傷つく意味などどこにもないんだ。

体を強張らせ、表情を固くし、それでも必死で元兄を見つめ続けるルーツィア嬢に胸が苦しくなる。

ルーツィア嬢、君は今までずっと、一人でこんな風に頑張ってきたんだな……。

これからは、俺が側にいるから。君が嫌だと言わない限り、必ず隣で味方になるから。

まずは、目の前の憂いを取り除こうか。

そう思い、俺はルーツィア嬢を庇うように彼女と元兄の間に入る。

「ルーツィア嬢に何か用だろうか」

彼女ではなく、俺が用件を聞いたことに、リーステラ伯爵子息は不快感をあらわにした。

「なぜ、お前が、ルーツィアへの用件を聞く」

一語一語、区切るようなその言い方に、怒りが込められているのを感じる。

その姿を恐ろしく思ってか、ルーツィアが咄嗟に俺の背中に縋りつく様子を見せた。

途端に元兄は眉を下げ、まるで泣き出す寸前の子供のような顔になる。

「ルーツィア？　もう大丈夫だ、一緒に帰ろう」

「え……」

さっきとは打って変わって、俺の姿など目に入らないかのようにルーツィアだけを見つめる元兄。

仕方ない。きっと諦めきれないのだ。ルーツィアを傷つけたことでこの元兄はもちろん俺の敵であるわけだが、ルーツィアに恋する男として同情心が全くないわけではない。

もちろん、彼女を少しでも渡すつもりは全くもってない。

ただ、引導を渡してやるくらいはいいかと思うのだ。

元兄の言葉に戸惑うルーツィアに、俺から声をかける。

「ルーツィア、以前話した王都への異議申し立てを行ったのは、君の元兄だ」

「ミハイルお兄様が……？」

ルーツィアの瞳が戸惑いに揺れる。信じられないという表情だ。元兄め、これがどういうことか分かるか？　本当は大事に思っている気持ちの表れであるようなひとつの行動が、これほど驚かれるほど、お前はルーツィアを傷つけてきたんだということだ。

「そうだよ、ルーツィア！　お前は誤解しているんだ。除籍の書類はルーツィアをリーステラ家から除籍するためのものなどではなかったし、魔塔への引き渡しは正式に断ったものだった！　契約書は残っていたのはあれが魔法契約書で、簡単に破棄することができなかっただけなんだよ」

ルーツィアは言われている内容が上手く理解できないのか、完全に固まってしまっている。

そんな彼女に向けて、元兄は優しく諭《さと》すように説明を続ける。

「きっと、リゼットから事実と異なる内容を吹き込まれて、悲しくなってしまったんだろう？ そうでなければ、お前がリーステラ家を出て魔塔などへ身を寄せようと思うわけがないし、私が迎えに来て、そのように警戒心を見せるわけがないからな」

元兄は、さらに続ける。

「だが、安心してくれ。これからも私は間違いなくお前の味方で、お前を大事に思っている。これまでのように両親やリゼットの好きにはさせないようにもする。だから、どうか、リゼットよりも私の言葉を信用して、この手を取ってはくれないか……？」

元兄は俺のことなど無視して、ルーツィアにだけ訴えかけることに決めたらしい。

ルーツィアに手を伸ばす彼は気がついていないのだろうか？ 自身の言葉が届けば届くほど、彼女は体を強張らせ、俺のローブを握る手にはますます力が入っていくことに。

「ルーツィア嬢、正直な気持ちを教えてくれ。彼にも、俺にも。俺は何度も言ったように、君の気持ちを尊重するし、決してその選択を悪く思ったりすることはないから」

少し振り向き、ルーツィア嬢を見ると、その赤い瞳と目が合った。

その瞳を見て、俺はホッと安堵する。

ルーツィア嬢の目に迷いはない。もしも迷いの中で出した答えであったなら、気持ちが落ち着いた頃に後悔してしまうかもしれないが、その可能性はないだろう。

つまり、彼女にとって本当に選びたい答えを選ぶことができるということだ。

ルーツィアは元兄に向き直る。その体はもう震えてはいない。

「ミハイルお兄様、私はリゼットの言葉だけで家を出たのではありません」

「ルーツィア？」

「リゼットの言葉が、心の底から真実のように思えたから家を出たのです」

「何を……」

「『私だって、あんな奴に優しくなどしたくはない。しかし、今は大事にしているふりをするのが最善なんだ』」

元兄は息をのみ、顔を見るまに青ざめさせた。

「それは、私が言った……あれを、聞いて……？　い、いや！　ちがう！　それは決してルーツィアのことなどではない！　まさかあれを聞いていて、おまけにお前への言葉だと誤解しているなんて……！」

「ミハイルお兄様、もういいんです。それが本当だろうと誤解だろうと、私にはもうどっちだっていい。私はリーステラ家には戻りません。だって……魔塔にいて、毎日がとっても楽しいから！」

「ルーツィアっ‼」

彼女が言いたいことを言い終えたと判断した俺は、ルーツィア嬢をフワフワに任せ、グレイスやノースとともに先に魔塔へ戻らせることにした。

もちろん元兄はそれを止めようとしたが、魔塔の魔法使いである俺たちにそのような抵抗が通じるわけがない。

ここまでルーツィア嬢と話ができたのは、彼女が最後に話す意思を見せたからで、それ以上でも以下でもないのだ。

やがて、ルーツィア嬢がその場から去った後、元兄・ミハイルは俺に掴みかかってきた。

「どうして！　なぜだ！　お前たちがルーツィアを騙してリーステラに戻らないと言わせているんだろう⁉　私は、私は……！」

まだ分からないのか、この愚かな男は。

「リーステラ伯爵子息。お前は本当に、ルーツィア嬢を大切に思っていたのか？」

「当たり前だろう！　私は心からルーツィアを愛している！　あの子がいなくなるなど考えられない！」

「それではなぜ、彼女を蔑ろにしたんだ？」

「蔑ろになどしてはいない！　私だけはいつでもルーツィアの味方だった！　たしかに両親やリゼットの手前表立ってあの子を庇うことができないことも多かったが、それはあの子の側から引き離されないためで——」

「それなら、どうして、ルーツィアは知らないんだ？　『自分は悪くないのだ』と」

「は……」

元兄は何を言われているのか分からないというように表情を歪めた。分からないのが問題なのだ。それはつまり、そのことに思い至らないほど、考えもしなかったということなのだから。

「ルーツィア嬢がリーステラ家で傷つき、辛い思いをしていたことは知っている。そしてそれが理不尽なもので、彼女が何も悪くなかったことも」

「それは当然だ！　リーステラ伯爵夫妻やリゼットがおかしいのであって、ルーツィアは可哀想な子で……」

「それなのに、ルーツィア嬢は自分を責めていた。何かあればすぐに謝ってしまうほど、自分を責めることが癖になっているうえに、全ては自分が悪いのだと当然のように考える」

　蔑ろにしたつもりなどないのかもしれない。たしかにあの歪《いびつ》な家族の中にあるために、表立って庇うことができないなどということもあったのかもしれない。この元兄がリーステラ伯爵夫妻の養子であることも知っている。それならば、不用意に両親を責めて追い出されることを警戒したり、ルーツィア嬢の側にいるために、あの愚かな人間たちの目を気にする必要もあったのかもしれない。

　それは分かる。許せはしないが、理解はできる。

　だけど、それならば。

「どうして、ルーツィア嬢に教えてやらなかった？　『あなたは悪くない』のだと、あのような理不尽に本当は泣く必要などないのだと。自分が悪いのではないのだと、なぜルーツィア嬢は知らないんだ」

　そうだ、庇えないなら、救い出せないなら、せめて言葉を尽くして教えてやればよかったのだ。

『あなたは悪くない』

そして、誤解など生まれないよう、ルーツィア嬢が自分を責めることなどないように、表立って庇うことができない理由と、それでも自分はあなたの味方だと信じてほしいと、伝えればよかった。

それだけで、どれほどルーツィア嬢は救われたことだろう。

少なくとも、あの家の中で、それができたのは、目の前のこの元兄だけだったというのに。

元兄はやっと俺の言いたいことが分かったのか、言葉に詰まり、息をのむ。

もしもこの男がリーステラ家でルーツィア嬢に真実寄り添っていたならば、彼女の支えになっていたならば、彼女がこの男に微笑みかける未来もあったのかもしれない。

しかし、その未来の可能性を潰したのは紛れもなくこの男本人なのだ。選択肢はこの男にあった。選ばなかったのはこいつだ。

「結局、お前はルーツィア嬢を手に入れるために、ルーツィア嬢の心を蔑ろにした。彼女が傷つくことを良しとした」

「違う、違う……！　私は……っ」

「お前のような人間の考えることは手にとるように分かる。ルーツィア嬢の心が自分だけに向くようにしたかったか？　自分以外に頼れる人間のいない状況で、自分に溺れる彼女が欲しかったか？　彼女を救い出す自分を演出するために、彼女が傷つくことを問題ないとしたことに変わりはない。そんな男の元にルーツィア嬢が帰りたがるわけがないだろう」

「私は……」

「ここが物語の世界ならば、お前の間違ったやり方さえある種のすれ違いとして想いを深めるスパイスになりえたのかもしれないな。だが、ここは現実だ。お前は間違えた。そして、取り返しは付かない」

すっかり青ざめた元兄に、俺に掴みかかってきた勢いはもうなかった。

崩れるように膝をつき、呆然としている元兄にもう用はない。後は自分で反省するなり後悔するなりするといい。

もしもまだルーツィア嬢の気持ちを考えず、自らの欲望のままに彼女を取り戻そうとするなら、存分に相手になってやる。

さあ、こんな男にかまけている時間も終わりだ。早くルーツィア嬢の元へ帰ろう。

そうだ、彼女は今日大活躍だったのだから、労《いたわ》って、その功績を存分に称《たた》えたい。

いや、よく考えるとこのタイミングで俺がルーツィア嬢と一緒にいられないのに、グレイスやノースは側にいると思うと、許しがたいな……⁉

こ、こうしちゃいられない！　さっさと戻らなければ‼

俺ははやる気持ちのまま、魔塔へと急いだ。

第七章　本当に伝えたいこと、それはごめんなさいじゃなくて

　セルヒ様と別れ、私はグレイス様、ノース様と一緒に一足先に魔塔へ戻っていた。どうやら王都でここまで大規模な魔物の出現が確認されたのは初めてのことのようで、オーランド様は現場の対応に当たる王宮騎士団の元へ向かったらしい。

　……私、知らなかったのだけれど、オーランド様はなんと魔塔の責任者のような立場の方なのだとか。

　そりゃあ、天才魔法使いと名高いセルヒ様のお師匠様なんだもの、普通の人のわけはなかったけれど！　それでももっと早く教えてくださってもいいのに！

　ハッ⁉　待って？　ということは、オーランド様に魔法の訓練をしてもらっている私は、魔塔の中でも最高峰の教育を受けているということになるのでは……⁉

「ルーツィアちゃん、大丈夫？」

　私が頭の中で忙しくあれこれと考えを巡らせていると、グレイス様が心配そうに声をかけてくれた。いけない、いけない。すっかり自分の世界に入ってしまっていたわ。

　そう思い、慌てて顔を上げると、グレイス様だけではなく、その隣でノース様も私を窺うような表情を浮かべていた。

　そこで私はハッとした。きっと、私とミハイルお兄様とのやりとりを見ていた二人は、私が傷

ついていないか、無理をしていないかと気遣ってくれているのだわ。私は脳内で大騒ぎしていたのだけれど、ずっと黙って考え込んでいる姿は、ひょっとすると落ち込んでふさぎ込んでいるように見えたのかもしれない。

　私を気遣ってくれている、その優しさが心の中にじわっと染みこんでくる。

　ううん、今だけじゃない。魔塔に来て、ずっと優しくされてきた。……だから、私はここにいたいと思ったの。

　その思いを噛みしめていると、自然と顔が緩んできて、私は満面の笑みを浮かべる。

「もちろん、大丈夫です！」

「そう？　……それならいいんだけど」

　あら？　しまった。思いが溢れてきたことで胸がいっぱいになり、最低限の言葉しか出てこなかったわ。そのせいであまり説得力のない感じになってしまった気がする。

　グレイス様の、納得していなそうな、複雑そうな顔もそう物語っていた。

　うーん、これは、やっぱり私の言葉は信用されていないわよね。

　だけど、それもそうか。

　だって今までの私なら、ここでうんと落ち込んだはずだもの。自分でも、自分の心の変化に驚いているのだから、グレイス様やノース様は想像もできないに違いない。

　どうやって私の今の気持ちを伝えようか考えていたけれど、結局答えが出る前にそれは中断されてしまった。

なぜなら、私たちを先に魔塔に帰して、ミハイルお兄様と話をしていたセルヒ様が部屋に入って来たからだ。

「セルヒ様！」

思わず立ち上がり側まで駆け寄ると、セルヒ様は嬉しそうに表情を緩めて体ごと私の方を向く。

「ルーツィア嬢、疲れていないかい？」

「私は大丈夫です！　それより、セルヒ様はなんともないですか？　怪我は……してなさそうですね。でも、ミハイルお兄様にひどいことを言われたりはしてませんか？」

すぐに私のことを気遣ってくれる優しさはとっても嬉しいけれど、それよりもセルヒ様の方が心配だと思い、そう尋ねる。

だってミハイルお兄様、とんでもなく怒っているみたいだったもの。

それに、もしもひどいことを言われていたとしたら、それは私の代わりに受け止めた言葉だろうと思ったから。

けれど、セルヒ様はなんでもないような顔をして、さらに私を気遣い始める。

「ひどいことなど言われてはいないよ！　むしろ俺が少し厳しいことを言ってしまったくらいで。それよりも、本当に疲れていないかい？　体だけではなくて、心も。念のためにもう一度聞くけど、元兄の誘いを断って後悔はしていない？」

ああ、この人は本当に私のことばかり考えてくれている。なんて優しい人なんだろう。

私だって、さすがに気づいている。ミハイルお兄様が言っていたことは多分嘘じゃなかったって。

まあ正直、何がなんだか分からない部分も多かったけど……。

それでも、私にリーステラ家に戻ってほしいと言っていたこと、私が傷ついたあの言葉は誤解だったということ、本当に私を大事に思ってくれているんだということは、どうやら本心らしいと伝わった。

だけど、だけど私は。

「……セルヒ様、私はひどい子ですよね」

「ルーツィア嬢？　どうしてそんなふうに思うんだ？」

「だって、あれだけミハイルお兄様が心を砕いてくださっても、どうしてもリーステラ家に戻りたくなかった。だから、ミハイルお兄様の言っていることを全く信用していない顔をして逃げたんです。全部全部拒絶して……きっと、傷つけてしまいました」

誤解から、リゼットに嫌な思いをさせてしまったことは何度もあったと思う。だけど、自分の意思で誰かを傷つけたことなんてなくて。それがどうしても気になってしまった。

とはいえ、後悔しているわけではなくて、何度やり直しても、きっと私は同じ選択をするのだけれど。

セルヒ様は私の言葉を聞くと、なぜか笑みを深める。

「ルーツィア嬢、俺は今嬉しいよ」

「えっ？」

「だって、それは、相手を傷つけると思ってでも、この魔塔にいることを選んでくれたってことだろう？　確かに君の元兄は君の拒絶に傷ついたかもしれないが、俺は君が戻らないでいてくれて心の底から嬉しい。誰もが納得する答えなどある方が稀《まれ》なんだから、君が君の望む答えを出せたことも、嬉しい」

「セルヒ様……！」

　この人は全く私に甘い。

　だけど、よく考えると今の私の質問もずるかったわよね。

　セルヒ様がこの質問に厳しい答えを出すわけがないことなんて、完全に分かり切っていたんだもの。

　無意識のうちにこうして甘やかしてもらえることが分かっていて、こんなことを聞いてしまったんだわ。

　そのことに気がついて、自分の甘えに少し恥ずかしい気持ちになる。

　だけど、同時に気が付いた。

　そっか……私、セルヒ様に甘えているんだ。

　自覚した途端、なんだかもっともっと甘えたい気持ちが湧き上がってくる。こんなのおかしいかな？　でも、受け入れてもらえるってなぜか心の底から感じられて、そして、実際にそうしてほしくなってしまった。

「セルヒ様！　私、今日、やりたいなって思った通りに、魔法が使えました！」

褒めてほしくて、甘えた気持ちで報告する。セルヒ様だって全部見ていたんだから、そんなの言うまでもなく知っているのに。

子どもみたいなことをしているなって思うのに、止められない。

「ああ、俺も見ていたよ！　本当にすごかった！　オーランドからルーツィア嬢はとても優秀だと聞いていたけど、あれほどだなんて思ってもいなかったよ！　君は本当に才能に溢れていて、おまけにそれだけじゃなく、とっても努力家だ！　才能か努力か、どちらかだけじゃあ、ああまで素晴らしいことはできなかっただろうな」

そんな私の気持ちを知ってか知らずか、やっぱりセルヒ様は嬉しそうに顔を綻ばせて、私を褒めてくれた。

い、いや、思った倍くらい褒めてくれているわ!?

だけど、そのことにも驚く以上にますます嬉しさが湧き上がってくるばかりで。私はもっともっと、欲張りな気持ちになっていき、さらに自分の気持ちを伝えたくなった。

「えへへ、上手くできて、嬉しかったです！」

そう、私は本当に嬉しかったのだ。役に立てそうなことを思いつけたこと。イメージした通りにできたこと。魔法の練習の成果が活《い》かせたこと。その全てを、セルヒ様に見ていてもらえたことも含めて、全部全部！

「俺もルーツィア嬢の活躍がとても誇らしくてたまらないよ！」

にこにこと見つめ合う私たちを見て、ノース様とグレイス様がひそひそと話している。

「な、なんて微笑ましい光景なのかしら⁉」

「本当にね～砂糖吐きそう！　てかセルヒ、今まで以上にキャラ崩壊してるよねえ？　人嫌い女嫌いって信じてたやつがこれ見たらショック死するんじゃないの～？」

「そうよね、見てよあの締まりのない顔。あのまま溶けちゃわないか心配になるくらい、でろでろよ？」

「セルヒがどれだけ冷たくしてもめげずにアピールしてた西の姫とかが、今のアイツを見たら憤死しちゃうんじゃない～？」

「クールで冷たいところが最高！　って言っていたものね。憤死じゃなくてショック死かも」

「セルヒに憧れてクールぶってた自称一番弟子もぶっ倒れそうだよね、アハハ！　想像しただけで楽しいんだけど。あいつまだ遠征から帰ってこないのかな？」

「もう少しなんじゃあないの？　……というか、私たちってもしかしてお邪魔？」

だけど、甘えた気持ちでいっぱいになっている私は、そんなことにも気がつかずに、ふとあることが気になった。

「あの、セルヒ様」

「うん？　どうした？」

ぎゃ、ぎゃあ！　セルヒ様の微笑みはいつだって優しくて甘いけれど、今日のはなんだか特別すごいわ！　首を少し傾げているのがまたとっても素敵で――って、違う違う！

　私は気をしっかり持つと、あまりの甘さに悶えてしまわないように気合を入れて、じっとセルヒ様を見つめて言った。

「あの、今日は私のこと、何度か『ルーツィア』って呼んでくれていたのに、もう、そう呼んではくれないんですか……？」

　私が思い切ってそう伝えると、セルヒ様はその場に膝から崩れ落ちていった。

　ええっ⁉　どうしたのかしら？　というか、今日はセルヒ様が崩れ落ちていく姿を何度も見たような……。

「うっ、ぐっ、か、可愛い……‼　潤んだ上目遣いの破壊力！　そして今、俺の勘違いじゃなければ、ルーツィアは俺に甘えてくれているのか⁉　だって俺は知っている。恋愛小説において、よほどの小悪魔でなければ、上目遣いなんてものは甘えてくれている行動の一つでしかないと！　今のはまさか俺の願望が生み出した幻聴じゃないよな⁉　俺は前世でどれほどの徳を積んできたんだ⁉　前世の俺、そして世界よ感謝する……あの、ルーツィア嬢、もう一度言ってくれるか？」

「セ、セルヒがついに壊れたわ！」

「ぶわっひゃっひゃ！　何それ何それ〜、最近慣れてきたつもりでいたけど、さすがに面白過ぎない⁉」

　い、今の、グレイス様とノース様には聞き取れたのね⁉　私は二人の反応を見て驚いてしまった。だって、随分早口でまくし立てていたから、私の耳にはセルヒ様の言葉が、最後以外は正直なんて言っているか全く聞こえなかったのだ。

だけどそれでも不思議と今日は、いつもと違って、「ひょっとして何かまずいことを言ってしまったかしら？」と不安になることも全くなくて。

だから、私はご機嫌な気分で繰り返す。

「セルヒ様、もう、私のことを『ルーツィア』って呼んではくれないんですか？　……いえ、良かったら、これからはルーツィアって呼んでほしいです！」

だって、いつまでもルーツィア嬢って呼ばれるのは、なんだか距離があるようで寂しいから……。それに一度そう呼んでくれたってことは、きっと、そう呼ぶのが嫌なわけじゃ、ないってことだよね？

「わっ⁉」

崩れ落ちていたセルヒ様は一瞬のうちに立ち上がると、いつのまにか私の両手を握っていた。

んんっ？　セルヒ様、なんだかちょっとだけ泣いているような？　いえ、きっと気のせいよね？

「もちろんだよ、ルーツィア！　ルーツィアからそんな風に言ってもらえてすごくすごく嬉しい！　ルーツィア、これからもよろしくね！」

わあ！　とっても呼んでくれる！

私は嬉しくて、何度も何度も頷いた。

「はい！」

そんな私たちの様子に、ノース様とグレイス様も側に来てくれる。

「私は親しみを込めてこれからもルーツィアちゃんって呼ぶわ～！　だって、ちゃんづけって可愛くない？」

「グレイス様！　はい、そう呼ばれるのもとっても嬉しいです！」

まるで、お姉ちゃんみたいなグレイス様。家族になったはずのリゼットとは、最後までいい関係を築くことはできなかったけど……こうして、家族よりも家族みたいに優しくしてくれる。

「じゃあ、俺もルーツィアちゃんって呼んじゃおっかな～！　……呼び捨てはセルヒに怒られそうだし」

「？　ノース様にも親しみを込めて呼んでもらえるなら嬉しいです！」

ノース様は時々よく分からないことを言っているけど、不思議と気にならないんだよね。リーステラ家にいたころは、聞こえない言葉は全て私を非難しているように聞こえて、とても不安に駆られていたのに。それもきっと、ノース様がすごく温かい人だからなんだと思う。

「ぐっ……！　ルーツィアが嬉しそうで俺も嬉しいが、若干のジェラシーを感じなくもない気がしなくもない……」

「ぷふふ！　なんだそれ？　セルヒ、本当に感情豊かになったよね～。前はクールすぎて心がないのかな？　なんて言われてたこともあったのにさ」

そんな風にみんなでワイワイ話していると、ふわりと風が吹き、部屋の扉が開いた。

この風は――。

『ルーツィア！　我を仲間外れにするでない！』

「フワフワ！」

『アルヴァンに捕まってひどい目に遭っていたのだ！　あの変態め！』

「ああ、アルヴァン様に……」

　私は思わず苦笑してしまう。

　最近のアルヴァン様は、隙あらばフワフワにつき纏《まと》っては愛を告げているのだ。

　それも、「魔獣の求愛の仕方について、詳しいことが分からないため、色々な方法を試さなければいけない！」と言いながら、なんとも不思議な行動や、奇抜な言動を繰り返している。

　そのせいで最近はフワフワに避けられ気味みたいなんだよね……。

　私としてはアルヴァン様の行動は魔獣が好きすぎるがゆえのものだし、微笑ましいな、とも思うのだけど……フワフワとしてはなかなか鬱陶しく思っているらしい。

　キュウンキュウンと甘えた声を出して私に頭を擦りつけてくるフワフワを撫でていると、まさにそのアルヴァン様が姿を現し、震える声が部屋中に響いた。

「あ、わ……！　誇り高き、プライドも高き魔獣が、まるで甘えん坊の子犬のような声を出しているー!?　ルーツィア嬢の側にいると、この世の奇跡の連続だ！」

　今日のアルヴァン様は気絶することなく感激の声をあげている。さすがに少しは耐性がついたらしい。

　でも、それはそうだよね、いつもいつも気絶していたら大変なことになってしまうもの。

　アルヴァン様はなぜか私の手を握りだし、「奇跡をひとつも見逃さないために、これからは片時も離れずルーツィア嬢の側にいてもいいだろうか⁉」と言い出したけれど、私があまりのことに驚きに目を白黒させている間にセルヒ様にその手を叩き落されていた。

「い、痛い！　何をするんだっ」

「何をするはこちらのセリフだ！　ルーツィアに触れるな！　近づくな！　むしろ姿もなるべく見せるな！　ルーツィアが困るだろうが！」

「あはは、ええっと……」

う、うーん、姿を見せるな、なんていうのはさすがに言い過ぎだけれど、確かに片時も離れず側にいられるのは、ちょっと……確かに困ってしまうかもしれない。

なんて、そんなことを考えているうちに、私は突然、重大なことを思い出した。

ああ！　そうだ、私ってば！

慌ててアルヴァン様を睨みつけているセルヒ様の方へと向き直る。

「セルヒ様！　一番伝えたいことを忘れていました！　今回のこと、本当に本当に――」

……この時、私は謝ろうと思っていたのだ。

『本当に、たくさん迷惑をかけてしまってごめんなさい』って。

私が魔塔に来たことで、セルヒ様にはいっぱいお世話になっている。魔塔での暮らしそのものだけじゃなくて、今日のミハイル様とのことだって、間違いなくすごく迷惑をかけてしまったわよね……。そのことに申し訳ない気持ちがあって、それを伝えなくちゃと思っていたのに。

だけど、なぜか、今ここで謝罪を口にするのは違うような気がしてきてしまった。

代わりに、もっともっと伝えたい別の言葉が湧き上がってくる。それは、私の心からの感情だった。

うん、そうだよね。絶対に、本当に伝えたいのはきっとこっちだもん。

私はそう思い、心からの笑顔を浮かべて、感情のままに口にする。

「セルヒ様、本当に、ありがとうございます！」

けれど、この時はまだ、私も、この場にいる皆も、誰も知らなかった。

私たちの知らないうちに、今回の魔獣騒ぎでの功績をもってリゼットが、正式に教会に『聖女』として迎えられる話が進んでいることを——。

番外編▼前日譚

魔法使いは刺激に飢えている。冷酷な同僚の恋愛とか最高

月が闇の中に姿を隠し、星が空から溢れそうなほどに輝く夜のこと。

魔塔に所属する魔法使いであるノースは空を切るように指先をくるんと一つ回し、展開していた音を拾う魔法をやめると興奮気味に告げた。

「見つけた。やっと結界の外に出たみたいだ！」

「そうか」

そのそっけない返事に、報告をあげていたノースは呆れた様子を隠さない。

「お前が待ち望んでいた時がやっと来たね」

吐き出された言葉にも、彼の同僚である魔塔の筆頭魔法使いセルヒは、冷たい瞳をそのままに口角《こうかく》をほんの少しあげただけで。

しかし、ノースは知っている。

この冷酷そうな天才魔法使いの本性を。

だから、注意深くその表情を観察しながら付け加えた。

「ついでにリーステラ家からも除籍だってさ」

「っ！　……そうか」

あーあ、怒っていいのか喜んでいいのか分かんないって感じだね……。

「で？　予定通り迎えに行っていいんだよな？」

「ああ。こんな暗い中、一人で外を歩くなど危険極まりないからな。さっさと行け」

「……行ってくるよ」

心に浮かぶのは疑問だ。

こいつ、なんで俺の前でも急にカッコつけてんの？

しかし、かっこついてもいない。

その目はキョロキョロと忙《せわ》しなく動き、口元は引き結ぼうとして失敗しているのだから。どちらかというとかっこ悪い有様だ。

おまけに書類に溢れた執務机の上をよく見ると、さも「魔法書ですけど？」とでも言わんばかりの顔で俗っぽい本が何冊も紛れている。

恋愛小説とか、

恋愛小説とか、

恋愛小説とか……。

天井まで伸びる壁一面の書棚にだって、クソ難しい「魔法理論」「魔法陣方程式」などと場所を取り合うようにして恋愛小説が並んでいる。この冷酷魔法使いと恐れられている男の趣味が恋愛小説を読むことと、小説のような運命の恋の妄想だというとんでもない事実を知っている者は自分以外にほとんどいない。

このヘタレ残念恋愛ポンコツ男め。

だから、ついからかいたくなるのである。

「あーあ、傷心のところをまるで王子様のように颯爽《さっそう》と現れて救いの手を差し伸べる俺、カッコ良すぎない？　惚れられちゃったらどーしよー」

「なっ⁉」

「行ってきまーす」

五階建ての塔、その最上階の窓からヒラリと飛び出る。後ろから喚《わめ》くような声が追いかけてくるが自業自得である。自分で迎えに行く度胸もないヘタレなのが悪いのだ。

「ぷふふ。まー、しばらくは面白くなりそうかな」

魔法使いは好奇心旺盛な者ばかり。いつだって刺激に飢えているのだ。堅物で冷酷で、それなのに夢見がちな天才の恋愛など、面白さしかない。けれど、この時のノースは知らなかったのだ。

夢見がちな冷酷同僚が実際に恋する相手の前でどうなるのかを。それが、自分にとって想像の斜め上を突き抜ける面白さであることを……。

ノースは呆れた気持ちでセルヒとルーツィアの二人を見つめていた。

ルーツィアちゃんを迎えに行ったあの月の夜、こんな光景は想像もしなかったな〜。

同僚である魔塔の筆頭魔法使い、セルヒは、いまやこれまでの彼の評判など忘れ去ってしまいそうに緩んだ顔をしている。

これまでは常に顔色をうかがい、いつも不安をその目に宿し、事あるごとに謝る言葉を告げていたルーツィアが、たった今、謝罪ではなく感謝を口にした。

この元冷酷な天才魔法使いは、そのことが心底嬉しいのだ。

セルヒも変わったが、ルーツィアも随分と変わったように思う。それはこの短い期間の中で、信じられない程の変化だった。

ま、なんにせよ良かった、良かった。

思っていた展開とは随分違うものの、やっぱり面白くなったな、とノースは心の中で笑う。

それに、セルヒは気がついていないのだ。ルーツィアが、セルヒの前でだけ、誰の前とも違う顔をしていること。こんなにも彼女の感情に意識を向けて、彼女の心のことばかりを考えているくせに、そこにある自分へ向ける気持ちには全く気がつかないなんて滑稽すぎるだろう。

だけど、まあ、それがセルヒのいいところでもあるよねえ。

「うぷぷ、これはまだまだ楽しめそーかな」

好奇心はますます刺激されるし、退屈な毎日は彩られた。

何せ、この小さな女の子自体がとても不思議な存在なのだ。

本人はいまいち自覚していないようだが、ルーツィアの才能は明らかに異質だった。

一番側にいるのが天才魔法使いとその師匠だから、そのことに気がつかないままでいる現状も、仕方がないと言えるが。

それに、ルーツィアに異常に懐いている魔獣の存在も面白い。ついでに言うならば、その魔獣に骨抜きになっている、同僚の『魔獣マニア』アルヴァンの大暴走も楽しくて仕方がない。

それに、まだまだこれから、一波乱も二波乱もありそうな予感がする。

リゼット・リーステラ……どうにもきな臭いんだよねえ。

ノースは考える。

グレイスがルーツィアを見失ったことに関しても異常だった。あの時、ルーツィアの側にいたのはリゼット・リーステラである。

そもそも、聖女の娘などと言われているが、それにしては性格に難がありすぎる。

だって、聖女と呼ばれる女性魔法使いたちだけが代々使っていた『聖魔法』には特徴があって——。

「ノース？　あなた、一人でニヤニヤしながら何をぶつぶつ言っているの？」

「いんや、なんでもないよー」

まあ、それはこれから分かるだろ。今はとにかく、面白いこと優先だ。

どんどん人間臭くなる天才魔法使いも、どんどん素直になる興味深い新米魔法使いのこともずっと見ていたい。

ノースはこれからの魔塔の刺激的な毎日に思いを馳せて、にんまりと笑みを作ったのだった。

番外編　魔塔の魔法使いは変人ばかり。例外はあらず

俺はノース、魔塔の魔法使い様だ。

魔塔の魔法使いは『変人』ばかりだとよく言われている。俺もそれについて否定はしない。確かにその通りだと思うから。自分のこともまともな常識人だと言い張るつもりはないし、比較的常識人と言われ、外向きな仕事に駆り出されることの多いグレイスだって、やっぱりどこか変だと思っている。程度の差はあれど、大体変人であることは間違いないだろう。

だけど、魔法使いなんてそんなもんだとも思う。冷酷な人嫌いと言われている天才魔法使いのくせに恋愛小説大好きな乙女チック男とか、ボサボサ頭で無気力なくせに、魔獣の前でだけ生命力を燃やし魔獣と本気で結婚したがる変態男とか、散々おかしなやつらの相手をしているのだから、今更どんな変人が来たってきっと俺は驚かない。

そう思っていたけれど、最近魔塔の一員になったルーツィアちゃんはなんと驚くことにとてもまともな可愛くていい子なのだ！

「ルーツィアちゃん、それ何食べてるの～？　なんかやたら赤いけど……」

「？　これですか？　カフェにグレイス様と一緒に行ったときに買ってきたマカロンです！」

マカロン！　マカロンか～！　うんうん、見た目通り！　ただなんかちょーっと色の赤さ加減がおかしい気がしたけど、気のせいだよな？

ええっと、イチゴ味……のわりには赤みが強い。人参……？　いや、人参のマカロンはないか。ああ、着色してんのかな？　最近は食用の花なんかで色を付けたお菓子が人気だってこの間デートした女の子も言ってたし！

ルーツィアちゃんはマカロンを大事そうに小さく齧ってはもぐもぐしている。小動物かな？　なかなか癒される光景だ。こうやって見てるとつくづく思うけど、本当に甘いものが似合うよなあ。

セルヒがこの姿を見たらきっと悶絶するんだろう。いや、ひょっとしてあまりの可愛さに泣きだすかもしれない。想像すると笑える。

あーあ、可哀想に、仕事に行ってるせいでこの瞬間のルーツィアちゃんを見られないなんて！　代わりに俺がちゃーんと観察して、あとでいっぱい話して聞かせてやるからな。うぷぷ、悔しがるセルヒの顔が目に浮かぶようだ！

最近は楽しくて仕方ない。それもこれも全部ルーツィアちゃんのおかげだ。ルーツィアちゃんは可愛いし、まともで癒されるし、何よりセルヒが面白い。魔塔の魔法使いは変人ばかりだけど、ルーツィアちゃんだけは例外だ。最近やって来たばかりで、今まで魔力もないと思われてきたような子だからかな？

じっと観察していると、ルーツィアちゃんは突然ハッと息をのんで慌てだした。

何なに。突然どーしたの。

「ノース様！　気がつかなくてごめんなさい、ノース様もマカロンを食べたかったんですね？」

「え？」

「はい、どうぞ！」

ルーツィアちゃんは満面の笑みで新しいマカロンを差し出してきた。……どうやら俺の視線が物欲しそうな目に見えたらしい。うーん、別にマカロンが欲しかったわけじゃないけど、女の子の好意には答えないとね。

それにしてもなんて優しい子なんだろう～！　大食いグレイスならきっとマカロンが百個あったってくれやしないのに。

「ありがとう！　ふふっ！　セルヒが帰ってきたら自慢してやろ～！　いただきまーすっ」

ルーツィアちゃんは小さいお口でもぐもぐしてるけど、持ってみるとわりと小さめのマカロンだ。俺はひょいっと手にとると丸ごと口の中に放り込んだ。

の、だが――

「っ⁉　んん、んぐっ⁉　げ、げほっ！」

な、な、な、なんだこれ～！

「わ！　ノース様⁉　大丈夫ですか⁉」

俺はマカロンのあまりの味に目をむいた。

嘘だろ？　このマカロン……唐辛子味だ……！

「ぜ、全然大丈夫じゃないよ……！　ルーツィアちゃん、なんてもん食ってんの⁉」

マカロンが辛いなんて思わないじゃないか！　普通に甘いのだと油断して思い切り食べてしま

ったせいで咳も止まらないしむせて喉が痛い……！

今なら火竜のように口から火でも吹けそうだ。

いや、辛いだけならまだいい。全然良くないけどまだいい。問題はこれが唐辛子味ではあるけれど、令嬢たちに人気なお菓子、『マカロン』であること。つまりゾッとすることに、きちんと甘さもあるのだ。甘い焼き菓子なのに、とんでもなく辛い唐辛子味。地獄のような味だ。

涙目になりながらもルーツィアちゃんを見ると、俺のことを心配そうに見つめておろおろとしているものの、なぜこうなったのか分からないとばかりに不思議そうな顔をしている。嘘だろう？　というかこれをもぐもぐ食っててなんで平気な顔してられんの⁉

「まさか、俺が食べたやつだけ味が違った……？」

「え？　全部同じものだと思いますが」

きょとんと首を傾げるルーツィアちゃん。

「そ、そう」

俺はとある事実に気づき始めていた――。

「あの、ノース様、大丈夫ですか？　なんだか涙目になっているような……。ハッ！　ひょっとして、ノース様もあまりの美味しさに感激しちゃったんですか⁉」

「俺も？　あまりの美味しさに感激……？」

「実は私も最初の一口を食べて、あまりの衝撃にカッと体が熱くなっちゃったんですよ！　お菓子に唐辛子味を合わせるなんて、驚きの発想ですよね。天才的な美味しさです！」

体がカッと熱くなっちゃったって、それ唐辛子の発汗作用だから！

――でも、これで分かった。やっぱりそうなんだ。魔塔の希望の星、珍しくまともなルーツィアちゃん。そう思っていたけれど、結局この子も魔塔の魔法使いになるべくしてここにきた『変人』であるってことか～～……。

様子がおかしいのは性格じゃなくて、味覚だったわけだけど！

「ノース、あんたも気づいてしまったのね」

「グレイス！」

突然背後に現れたグレイスはわざとらしく神妙な顔で何度も頷いて見せた。

「ルーツィアちゃんはね、辛いものが大好きみたいなの」

「見れば分かるよ……」

「それでね、甘いものも大好きなのよ」

グレイスはひそひそと俺に小声でそう言いながら、そっとルーツィアちゃんの口元に小さなチョコタルトを差し出した。ルーツィアちゃんはまるで条件反射化のようになんのためらいもなくそれにぱくりと食いついた。小さなタルトなのにルーツィアちゃんの口には少し大きいようで、ほっぺたを膨らませてもぐもぐしている。すんごい幸せそうな顔をしながら。セルヒが見たら大騒ぎしそうな光景だな……。

グレイスはそんなルーツィアちゃんを横目に、「ほらね」とでも言いたげな得意げな顔をしている。顔がうるさい。

「そして貪欲なルーツィアちゃんの味覚は、『大好きな甘いものと大好きな辛いものが合わさる＝とっても大好き！』と認識するようなのよね」

「味覚が単細胞過ぎない？」

「うふふふふ！　可愛いわよね」

　会話になってなくない？　まあルーツィアちゃんは確かに可愛いけどさ。

　しかし、ルーツィアちゃんってば、こーんな砂糖菓子みたいな可愛い見た目をしてるのに激辛大好きなんて、人って本当に見た目によらないよねえ。

　グレイスだって黙っていれば美人なのに、口を開けばどこか残念だし、味覚はそんなにおかしくないけど、量が多いことが大正義！　とでも言わんばかりの胃袋脳筋だし。

「それにしても、あの激辛マカロンってお店で買ったって言ってたよね？　あんなお菓子を生み出しちゃうなんて俺からしたらどうかしてるとしか思えないんだけど……」

「ああ、あれね。ルーツィアちゃんのせいよ」

「へ？」

「一度迷走して奇をてらった唐辛子スイーツを作ったカフェでね。誰も食べないからそれで終わるはずだったんだけど、ルーツィアちゃんが大喜びで食べちゃったもんだから」

「……なるほど。あの幸せそうな顔がまた見たい店員が張り切って第二弾を作り出しちゃったってわけか」

　なんて罪な女の子なんだろう。そう思ったけど、グレイスは首を横に振った。

「いいえ」

「えっ、違うの？」

絶対そうだと思ったんだけど。まさか唐辛子スイーツがルーツィアちゃん以外に大人気になるなんてことは天地がひっくり返りでもしない限りないだろうし。

不思議に思って首を傾げていると、グレイスは残念な事実を教えてくれた。

「あれが第四弾よ」

「……うわぁ、残念なカフェ」

とはいえ、ルーツィアちゃんが幸せそうだから、まあいっか……。

――後日、ルーツィアちゃんがまさかの激辛スイーツ好きだと知ったセルヒが例のカフェのパティシエを魔塔に連れ去ろうとしたり（無事に失敗した）、自分の知らないところでルーツィアちゃんが幸せそうな顔をしていたと知ったセルヒが悔しさのあまり映像記録の魔道具を作ろうと真剣に研究しだしたりするのは、また別の話だ……面白過ぎない？

本書に対するご意見、ご感想をお寄せください。

あて先

〒162-8540 東京都新宿区東五軒町3-28
双葉社　Mノベルス f 編集部
「星見うさぎ先生」係／「RAHWIA先生」係
もしくは monster@futabasha.co.jp まで

MF ノベルス

落《お》ちこぼれダメ令《れい》嬢《じよう》は溺《でき》愛《あい》されて生《う》まれ変《か》わります!?　～褒《ほ》められるのが嬉《うれ》しくて頑《がん》張《ば》っていたら規《き》格《かく》外《がい》の才《さい》能《のう》が開《かい》花《か》しました～

2023年11月13日　第1刷発行

著　者　星《ほし》見《み》うさぎ

発行者　島野浩二

発行所　株式会社双葉社

〒162-8540　東京都新宿区東五軒町3番28号

［電話］03-5261-4818（営業）　03-5261-4851（編集）

http://www.futabasha.co.jp/（双葉社の書籍・コミック・ムックが買えます）

印刷・製本所　三晃印刷株式会社

［電話］03-5261-4822（製作部）

ISBN 978-4-575-24692-6 C0093

Mノベルス

発行・株式会社　双葉社